U0353054

课本里的大作家

甜橙树

曹文轩 著

北京理工大学出版社
BEIJING INSTITUTE OF TECHNOLOGY PRESS

目 录

甜橙树

唱山歌的人终于走过来了，是个白胡子老汉，见到甜橙树下坐着五个孩子，越发唱得起劲，唱着唱着，又走远了。

男孩弯桥，一早上出来打猪草，将近中午时，觉得实在太累了，就拖着一大网兜草，来到油麻地最大的一棵甜橙树下，仰头望了望一树的甜橙，咽了一口唾沫，就躺在了甜橙树下。本来是想歇一会儿再回家的，不想头一着地，眼前的橙子就在空中变得虚虚飘飘，不一会儿就睡着了，一睡着就沉沉的，仿佛永远也醒不来了。

那只草绳结的大网兜，结结实实地塞满了草，像一只硕大的绿球，沉重地停在甜橙树旁，守候着他。

秋天的太阳雪一般明亮，但并不强烈地照着安静的田野。

田埂上，走着四个孩子：六谷、浮子、三瓢和红扇。今天不上学，他们打算今天一整天就在田野上晃悠，或抓鱼，或逮已由绿色变成棕色的蚂蚱，或到稻地里逮最后一批欲飞又不能飞的小秧鸡，或干脆就摊开双臂、叉开双腿，在田埂上躺下晒太阳——再过些日子，太阳就会慢慢地远去了。

他们先是看到弯桥的那只装满草的大网兜，紧接着就看到了躺在甜橙树下的弯桥。四个人都有一种说不出的兴奋，沿着田埂，向甜橙树一路跑来。快到甜橙树时，就一个一个地变成了猫，向弯桥轻轻地靠拢，已经变黄的草在他们的脚下慢慢地倒伏着。走在前头的，有时停住，扭头与后面的对一对眼神，动作就变得更

轻了。那番机警的动作，不免有点儿夸张。其实，这时候即使有人将弯桥抱起来扔进大河里，他也未必能醒来。

他们来到了甜橙树下，低头弯腰，轻轻地绕着弯桥转了几圈，之后，就轻轻地坐了下来，或望望睡得正香的弯桥，或互相挤眉弄眼，然后各自挪了挪屁股，以便向弯桥靠得更近一些。他们脸上有一种压抑不住的快乐，仿佛无聊乏味的一天，终于因弯桥的出现，忽然地有了一个让人喜悦的大转折。

此时，弯桥只在他的无边无际的睡梦里。

阳光透过卵形的甜橙树的叶子，筛到了弯桥的身上、脸上。有轻风掠过枝头，树叶摇晃，光点、叶影便纷乱错动，使四个孩子眼中的弯桥，显得有点儿虚幻。

弯桥笑了一下，并随着笑，顺嘴角流下粗粗一串口水。

女孩红扇"噗哧"一声笑了——笑了一半，立即缩了脖子，用手紧紧捂住了嘴巴。

光点、叶影依然在弯桥身上、脸上晃动着，像阳光从波动的水面反映到河岸的柳树上一般。

几个孩子似乎想要干点儿什么，但都先按捺住自己心里的一份冲动，只安然坐着，有趣地观望着沉睡中的弯桥……

弯桥是油麻地村西头的光棍刘四在四十五岁上时捡到的。那天早上，刘四背只渔篓到村外去捉鱼，过一座弯桥时，在桥头上看到了一个布卷卷，那布卷卷的一角，在晨风里扇动着，像只大耳朵。他以为这只是一个过路的人丢失在这里的，看了一眼就想走过去，不想那布卷卷竟然自己滚动了一下。桥头是个斜坡，这布卷卷就因那小小的一个滚动，竟止不住地一直滚动起来，并越滚越快。眼见着就要滚到一片水田里去了。刘四撒腿跑过去，抢在了布卷卷的前头，算好了它的来路，双脚撇开一个"八"字，将它稳稳挡住了。他用脚尖轻轻踢了踢布卷卷，觉得有点儿分量，就蹲下来，用又粗又短的手指，很笨拙地掀起布卷卷的一角，随即"哎哟"一声惊呼，一屁股跌坐在地上。等他缓过神来时，只见布卷卷里有一张红扑扑的婴儿的脸，那婴儿似乎很困，微微睁了一眼，鱼一般吧唧了几下小嘴，就又睡去了。

人愈来愈多地走过来。

刘四将布卷卷抱在怀里，四下张望，一副手足无措的样子。

人群里一片唧喳："大姑娘生的。""是个小子。""体面得很。""大姑娘偷人生的都体面。"……

油麻地一位最老的老人拄着拐杖，对刘四大声说："还愣着干什么？抱回去吧！你命好，讨不着老婆，却能白得一个儿子。命！"

跟着刘四，弯桥在油麻地一天一天地长大了。先是像一条小狗摇摇晃晃地、很吃力地跟着刘四，接下来就能与刘四并排走了，再接下来，就常常抛下刘四跑到前头去了。但到八岁那年春天，弯桥却得了一场大病。那天，他一天都觉得头沉得像顶了一扇磨盘，晚上放学回家时，两眼一黑栽倒了，滚落到一口枯塘里。刘四穷，家里没有钱，等东借西借凑了一笔钱，再送到医院时，弯桥已叫不醒了。医生说他得的是脑膜炎。抢救了三天，弯桥才睁开眼。等他病好，再走在油麻地时，人们发现，这孩子有点儿傻了。

他老莫名其妙地笑，在路上，在课堂上，甚至是在挺着肚皮撒尿时，都会没理由地说笑就笑起来。有些时候，还会自言自语地说一些让油麻地所有的人都听不懂的话。

油麻地的孩子们，都希望见到弯桥，因为这是一个可能获取快乐的机会。有时，他们还会觉得弯桥有点儿可怜，因为养他的刘四实在太穷了。油麻地最破的房子，就是刘四的房子。说是房子，其实很难算是房子。油麻地的人根本不说刘四的房子是房子，而说是"小草棚子"。别人家的孩子，只要上学，好赖都有一个书包，弯桥却用不起书包——哪怕是最廉价的。刘四就用木板给弯桥做了一只小木箱。当弯桥背着小木箱，屁颠屁颠地上学时，就总会有一两个孩子顺手从地上捡根小木棍，跟在弯桥后头，"噼里啪啦"地敲那小木箱，敲快活了，还会大声吆喝："卖棒冰——！"弯桥不恼，抹抹脑门上的汗，害羞地笑笑。学校组织孩子们进县城去玩，路过电影院，一见是打仗片，三瓢第一个掏钱买了张票，紧接下来，一个看一个，都买了票，一晃工夫，四五十个人就都呼啦啦进了电影院，只剩下弯桥独自一人在电影院门口站着。刘四无法给他零用钱。等电影院的大门关上后，弯桥就在电影院门口的台阶上坐下，用双手抱着双腿，然后将下巴稳稳地放在双膝上，耐心地等电影散场，等三瓢他们出来。一街的行人，一街的自行车车铃声。弯桥用有点儿萎靡的目光，呆呆地看着街边的梧桐树。他什么也不想，只偶尔想到他家的猪。猪几乎就是弯桥一人饲养的。刘四每捉一只小猪回来，就立即盘算得一清二楚：等猪肥了卖了钱，多少用于家用，多少用于给弯桥交学费、添置新衣。

从弯桥能够打猪草的那一天起，他就知道，他要和刘四好好地养猪，把猪养得肥肥的。他从未饿过猪一顿。他总要打最好最好的猪草——是那种手一掐就冒白浆浆的猪草。电影终于散场了，三瓢们一个个看得脸上红通通的，出了电影院的大门都好一会儿工夫了，目光里还带着几丝惊吓和痛快。弯桥被他们感染了，抓住三瓢的或六谷的或浮子的或其他人的胳膊，向他们打听那部电影演的是什么。起初，三瓢们都还沉浸在电影里没出来，不理会他，待到愿意理会了，有的就如实地向他描述他们所看到的，有的就向他故意胡编乱造。弯桥是分不出真假的，就都听着，听着听着就在心里犯嘀咕：怎么三瓢说那个人被枪打碎了脑袋，六谷却说那个人最后当了营长呢？一路上，他就在心里弄不明白。不明白归不明白，但也很高兴……

太阳光变得越来越明亮。

弯桥翻了个身，原先贴在地上的脸颊翻到了上面。三瓢他们看到，弯桥的脸颊压得红红的，上面有草和土粒的印痕。

红扇用手指了指弯桥的嘴，大家就都伸过头来看，弯桥又笑了，并且又从嘴角流出粗粗一串口水。

田埂上偶尔走过一个扛着工具回家的人。

三瓢觉得腿有点儿坐麻了，站了起来，跑到甜橙树的背后，一拉裤带，裤子"哗啦"落在脚面上，然后开始往甜橙树下的黑土里撒尿。尿声提醒了六谷与浮子，先是六谷过来，再接着是浮子过来，与三瓢站成一个半圆，试着与三瓢尿到一个点上。

三瓢他们是五年级，红扇才二年级，但红扇知道害臊了，嘴咕嘟着，将脸扭到一边，并低下头去。但她却无法阻挡由三个男孩一起组成的联合撒尿声。随着尿的增多，地上积了水，尿声就洪大起来，"噗噗噗"，很粗浊地响。

当三瓢、六谷、浮子系上裤子，低头看了一眼由他们尿成的小小烂泥塘时，他们同时互相感应到了对方心里生起的一个恶恶的念头。先是三瓢从地上捡起一根小木棍，蹲下来搅拌起烂泥塘。土黑油油的，一种黑透了的黑，三瓢一搅拌，汪着的尿顿时就变得像黑墨水。

六谷低声说："能写大字。"

浮子从近处摘了一张大大的青麻叶，用手托着，蹲在了三瓢的身旁。

三瓢扔掉了木棍，捡起一块窄窄的木板条，将黑黑的泥浆一下一下挑到了浮子手中的青麻叶上。

那边，心领神会的六谷拔了四五根毛茸茸的狗尾巴草过来了。

三瓢、六谷、浮子看了看动静，在弯桥身边蹲下。

红扇起初不明白三瓢他们到底要对弯桥做什么，但当她看见三瓢像用一支毛笔蘸墨水一样用一根狗尾巴草蘸黑泥浆时，就一下子明白了他们的心机。她没有立即过来，而是远远地坐着。她不知道自己是否应当参加他们的游戏。

弯桥翻了一个身，仰面朝天。他的鼻翼随着重重的呼吸，在有节奏地扇动。

阳光照着一树饱满的、黄亮亮的像涂了一层油的甜橙。它们又有点儿像金属制成的，随着风的摇动，在阳光下，一忽一忽地打亮闪。一些绿得发黑的叶子飘落下来，其中有三两片落在了弯桥蓬乱的头发里。

弯桥的脸上像淡淡的云彩一般，又闪过一丝似有似无的笑意。

浮子望着三瓢，用大拇指在上唇两侧，正着刮了一下，又反着刮了一下。

"八"字胡。明白。三瓢用左手捋了捋右手的袖子，轻轻地、轻轻地，在弯桥的上嘴唇上先来了左一撇。

六谷早用手中的狗尾巴草饱饱地蘸了黑泥浆，轻轻地，轻轻地，在弯桥的上嘴唇上又来了右一撇。

很地道、很传神的两撇八字胡，一下子将弯桥的形象改变了，变得让三瓢他们几乎认不出他是弯桥了。

浮子将三瓢和六谷挤开，一手托着一青麻叶的黑泥浆，一手像画家拿了支画笔似的拿着蘸了黑泥浆的狗尾巴草，觉得弯桥眉毛有点儿淡，就很仔细地将弯桥的两道眉毛描得浓黑浓黑的。

弯桥一下子变得很神气，很英俊，像条走路走累了的好汉，困倒在了甜橙树下。

红扇在三瓢、六谷和浮子一边耳语一边捂住嘴笑时，轻轻走过来，见了弯桥的一张脸，"噗哧"笑了。

弯桥脸上的表情似乎受了惊动，凝住了片刻，但，又很快回到原先那副沉睡的状态里。

三瓢他们几个暂且坐在了地上，看看被围观的弯桥，又互相望着，偷偷地乐。

太阳移到甜橙树的树顶上，阳光直射下来，一树的橙子越发地亮，仿佛点着了似的。

红扇说："该回家了。"

但三瓢、浮子、六谷都觉得不尽兴。眼前舒舒服服地躺着睡大觉的弯桥，似乎并未使他们产生足够的快乐。这凭什么呢？弯桥凭什么不让他们大大地快活一顿呢？

三瓢扔掉了手中的狗尾巴草，直接用手指蘸了蘸青麻叶上的黑泥浆，在弯桥的脸蛋上涂抹起来。他想起七岁前过年时，他的妈妈在他的脸上慢慢地涂胭脂。一圈一圈，一圈一圈，一个圆便从一分硬币大，到五分硬币大，直到膏药那么大。

弯桥一下显得滑稽了。

红扇看得两腮红红的，眉毛弯弯的，眼睛亮亮的。

三瓢轻声问："红扇，你想涂吗？"

红扇摇摇头："臊。"

浮子说："用狗尾巴草。"

红扇说："那也臊。"

六谷说："还有半边脸，你不涂，我可涂了。"

三瓢觉得红扇不涂，有点儿吃亏。他要主持公道，将一根狗尾巴草递给红扇："涂吧。"

红扇蹲了下来。

浮子立即用双手托着青麻叶。

红扇真的闻到了一股尿臊味，鼻子上皱起细细的皱纹，本来长长的鼻子一下子变短了。浮子赶紧将青麻叶从红扇的面前挪开了一些。

红扇跪了下来，用白嫩的小胖手拿着狗尾巴草，蘸着黑泥浆，在弯桥的另一半脸蛋上涂起来。她涂得很认真，一时忘了是在涂弯桥的脸，而觉得是在上一堂美术课，在涂一幅老师教的画。红扇是班上学习最认真也最细心的女孩。红扇干什么事都认真细心。她一笔一笔地涂，涂到最后，自己的脸几乎就要碰到弯桥的脸了。那时，她也闻不出黑泥浆散发出的尿臊味了。她一边涂，一边还与另一半脸蛋上的"膏药"比大小。既然这一半脸蛋上的"膏药"是她涂的，那她就得一丝不苟地涂好，要涂得与那一半脸蛋上的"膏药"一般大小才是。

红扇涂得三瓢、浮子和六谷都很着急。

终于涂好了。红扇扔掉了黑头黑脑的狗尾巴草，长出一口气。三瓢他们也跟着她长出一口气。

他们都站了起来，然后绕着弯桥转圈儿。

红扇先笑起来，随即三瓢他们也一个接一个地笑了起来，越笑声越大，越笑越疯，越笑越放肆，直笑得东倒西歪。后来，浮子笑瘫在了地上，红扇笑得站不住，双手抱住了甜橙树。

弯桥在笑声中醒来了。

笑声渐渐变小，直到完全停止。

三瓢他们四个，有坐在地上的，有弯着腰的，有仰着脖子朝天的，有抱着甜橙树的，在弯桥慢慢支撑起身子时，他们的笑声停止了，但姿态却一时凝固在了那里。

弯桥适应了光线，依然支撑着身体，惊奇地说："三瓢、浮子、六谷、红扇，你们四个人都在这儿！"他闭了一阵双眼，又将它们慢慢睁开，但半眯着，"你们知道吗？我刚才做了一串梦，把你们一个一个地都梦到了。"

三瓢、浮子、六谷、红扇有些惊讶与好奇，一个个围着弯桥坐在地上。

弯桥往甜橙树的树根挪了挪，轻轻地靠在甜橙树的树干上。

"先梦见的是红扇。那天很热，热死人了。我跟红扇躲到一个果园里摘树上的梨子吃。好大好大的一个果园，我从没有见过那么大的一个果园。红扇吃一个，我吃一个，我们不知吃了多少梨。不知怎么的，杨老师就突然地站在了那儿。直直的，那么高，就站我眼前。他不说话，一句也不说。他好像不会说话。我和红扇就跟着他走，可我就是走不动。红扇走几步，就停下来等我。走着走着，就看到了一棵甜橙树，树荫有一块田那么大。'在毒太阳下面站着！'杨老师说完了，人就变成一张纸，一飘一飘的就没了。我和红扇不怕，有那么大一块树荫呢！我朝红扇笑，红扇朝我笑。我们摘树上的橙子吃，一人一只大甜橙。吃着吃着，树荫变小了，越变越小，我们就挤一块儿。树荫就那么一点点大，下面只能站一个人，另一个人得站在太阳下。一个大毒太阳，有洗澡的木盆大。橙子树晒卷了叶，橙子像下雨一样往下落。你说奇怪吧，叶子全掉光了，那一片树荫却还在。可还是只能阴凉一个人。我和红扇要从甜橙树下逃走，一张纸飞来了，就在空中转着圈儿，飘，飘，飘……我们知道那是杨老师。红扇把我推到树荫下。我跳了出来，她又把我推到树荫下，她一定要把树荫让给我。我不干，她就哭，就跺脚。树荫像一把伞。我站在伞底下。伞外面是毒太阳，是个大火球。我要走出树荫，可是，红扇抬头一看，我就定住了，再也走不出树荫。树荫下阴凉阴凉的，好舒服。红扇就站在太阳下，毒太阳！渐渐地，她的头发晒焦了。我对她说：'把树荫给你吧。'她不回头。我就又往树荫外面走，她一回头，我又走不动了，两只脚像粘在了树荫下。一地晒卷了的树叶，红扇用舌头舔焦干的嘴唇，我看着就哭起来，一大滴眼泪掉在了地上，潮了。你们知道吗？潮斑在长大、长大，不知怎么的，就变成了树荫，越变越大，越变越大，一直又变到一块田那么大……"

远处的田野上，有人在唱山歌，因为离得太远，声音传到甜橙树下时，已经没头没尾了。

三瓢、浮子、六谷和红扇都坐着不动。

"接下来，我就梦见了三瓢。"弯桥回想着，"是在荒地里。天底下好像一个人也没有了，就我们两个人。我们走了好多天好多天，就是走不出荒地。那才叫荒地呢，看不到一条河，看不见一点儿绿，满眼的枯树、枯草。天上连一只鸟也没有。四周也没有一点点儿声音。我和三瓢手拉着手。我和他的手好像长在一块，再也不能分开了。没有风，可到处是尘土，卷在半空里，像浓烟，把太阳都罩住了。我总是走不动，三瓢就使劲拉着我。真饿，我连土块都想啃。想看见一条河，想看见一个村子，想看见一户人家。我想掐一根青草在嘴里嚼嚼，可就是找不到一根青草，心里好生气，朝枯草踢了一脚，吓死人啦，那草被我一踢，你们猜怎么着？烧着了！一忽，就变成了一大片火，紧紧地撵在我们屁股后头。三瓢拉着我，拼命地跑。后来，我实在跑不动了，就倒在了地上。三瓢解下裤带，拴在我脚脖上，拖着我往前走。地上的草油滑油滑的，我觉得自己是躺在雪地上，三瓢一拖，我就滑动起来，像在天上飞。也不知是什么时候，三瓢大声叫我：'弯桥，你看哪！'我从地上爬起来，往前看。你们知道我看见什么啦？一棵甜橙树！它长在大堤上。知道大堤有多高吗？在云彩里。整个大堤上，什么也没有，就一棵甜橙树。我们手拉着手爬上大堤。知道这棵甜橙的树叶有多大吗？巴掌大。我和三瓢没有一丝力气了，就坐在甜橙树下。我们都仰脸朝上望，心里想：上面要挂着橙子，该多好！……橙子！"弯桥仰着脸，用手指着甜橙树的树冠，眼睛里闪烁着光芒，"橙子！就一颗橙子，一颗好大好大的橙子！三瓢也看到了，抱着树干爬起来。我爬不起来了，直挺挺地躺在地上。三瓢说：'你在下面等着。'他就朝甜橙树上爬去。我记得他是个光身子，只穿了条裤子，鞋也没有。他爬上去了。那颗橙子就在

他眼前，红红的。他伸手去摘，怪吧？那颗橙子飞到另一根枝头上去了。它会飞！你们见过夏天的鬼火吗？它就像鬼火。它在甜橙树上飞来飞去。我躺在地上干着急：'在这儿，在这儿！'三瓢从这根树枝爬到那根树枝，上上下下追那颗橙子，可怎么也追不着。三瓢靠在树枝上直喘气，汗落下来，'噗嗒噗嗒'掉在我脸上，砸得我脸皮麻。那颗橙子就在他眼前一动不动地挂着，亮闪闪的，像盏灯。我瞧见三瓢把身子弯向前去，一双眼睛好亮好亮，紧紧盯着橙子。我的嗓子哑了，说不出话来。我就使劲喊：'三瓢，你要干什么？'我还没有把话喊完，他就朝那颗橙子扑了过去……'扑通'一声，他连人带橙子从空中跌在地上。他双手抱着橙子，一动不动地躺在那儿。我就大声叫他：'三瓢！三瓢！……'他醒了，把橙子送到我手上。我推了回去。他又推了回来：'吃吧，就是为你摘的。'……"

弯桥仰望着甜橙树上的橙子，两眼闪着薄薄的泪光。

刚才在远处田野上唱山歌的人，好像正朝这边走过来，因为他的歌声正渐渐变大变清晰。

三瓢、浮子、六谷和红扇都往弯桥跟前挪了挪。

"要说到你了，六谷。"弯桥将身子往下出溜一些，以便更舒坦地靠在甜橙树的树干上。他将两条腿伸开，交叉着。"你们梦见过自己生病吗？我梦见自己生病了。一种特别奇怪的病。不发烧，哪儿也不疼，就是没精神，不想吃饭，不想打猪草，不想上学，也不想玩。看了好多地方，都治不好。有一天，我路过六谷家的院子，听到六谷家院子里的甜橙树上有鸟叫，不知怎的，就浑身发抖，抖着抖着就不抖了。我就听鸟叫，听着听着，我就想吃饭，就想打猪草，就想上学，就想跟你们一起到地里疯玩。我的病，一下子就好了。我抬头去看甜橙树上的鸟：它站在鸟窝边上，一个小小的鸟窝，鸟也小小的，白颜色，雪白，嘴巴和爪子都是红色的，金红，好干净，好像刚刚用清水洗过似的。它歪着头朝我看，我也歪着头朝它看。它又叫开了。我从没听见过这么好听的鸟声……"弯桥沉醉着，仿佛又听到了鸟的叫声。"从那以后，我就知道了，能治好我病的，就是那只鸟，全油麻地的人都知道我得了一种很怪很怪的病。六谷就对他家树上的鸟说：'去吧，飞到弯桥家去吧。'六谷很喜欢这只鸟。它一年四季就住在六谷家的甜橙树上叫。鸟不飞。六谷就用竹竿赶它：'去吧，去吧，飞到弯桥家去吧。'鸟在天上飞了几圈，就又落下来了。它离不开甜橙树。他央求树上的鸟：'去吧。弯桥躺在床上呢，只有你能救他。'鸟就是不肯飞。六谷急了，就用石子砸它。鸟由六谷砸去，就是不飞……不知是哪一天，我坐在门前晒太阳，就听见门口大路上，轰隆轰隆地响。我抬头一看，路上全都是大人小孩。你们知道我看见什么了？甜橙树，六谷家的甜橙树！六谷手里拿着他爸爸赶牛的鞭子，在赶那棵树。他扬了扬鞭子，甜橙树就摇摇晃晃地往前走。梦里头看不清它是怎么走的，反正它正朝我们家走来。六谷有时把鞭子往空中一抽，就听见'叭'的一声响，崩脆，像放鞭炮。甜橙树越来越大，大人小孩就跟着，闹闹嚷嚷的，也不知他们在说些什么。我看到鸟了。它守在窝上，甜橙树晃晃悠悠的，它也晃晃悠悠的。它忽然在甜橙树上飞起来，在树

17

枝间来回地飞。后来，它落在最高的枝头上，对着天叫起来。大人小孩都不说话，就听它叫……从此，甜橙树就长在了我家的窗前，每天早上，太阳一出，那只鸟就开始叫……"

弯桥觉得自己是在说傻话，显得有点儿不好意思。

唱山歌的人离甜橙树越来越近了。悠长的山歌，一句一句地送到了甜橙树下。

三瓢、浮子、六谷和红扇又往弯桥跟前挪了挪。

弯桥看了看那只大网兜，有了想回去的心思，但看到三瓢他们并无一丝厌烦的意思，就又回到了说梦的念头上："最后梦到的是浮子……梦里，我先见到了我妈妈。"弯桥立即变成一副幸福无比的样子，"我妈妈长得很漂亮很漂亮，真的很漂亮。她梳

一根长长的、长长的大辫子，牙齿特别特别地白。她朝我笑，还朝我招手，让我过去。我过不去，怎么也过不去。我看到妈妈眼睛里都是泪，亮晶晶的。我朝妈妈招手，妈妈却不见了，但半空里传来了妈妈的声音：'我在大河那边……'妈妈的声音，好听极了，一直钻到你心眼眼里。前面是一条大河。世界上还有这么大的大河！你们都没有见过。一眼望不到边，就是水，白汪汪的水。可没有浪，连一丝水波也没有。有只鸽子想飞过去，想想自己可能飞不过去，又飞回来了。我就坐在大河边上，望大河那边，望妈妈。没有岸，只觉得岸很远很远。妈妈肯定就在那边。没有船，船忽然的全没有了。浮子来了。他陪着我坐在大河边上，一直坐到天黑。第二天，我又坐到大河边上。浮子没来陪我。第三天，他也没有来。红扇来了，说：'浮子这两天一直坐在他家甜橙树下。'我问红扇：'他想干什么？'红扇说：'他想锯倒甜橙树。''锯倒甜橙树干什么？''做船，为你做船。'我离开大河边，就往浮子家跑。浮子家门前有棵甜橙树，一棵这个世界上最大的甜橙树。我跑着，眼前什么也没有，只有那棵甜橙树，一树的绿叶，一树的橙子。我跑到了浮子家。甜橙树，好好的，高高大大地站在那儿。浮子一见我，就朝我大声喊：'别过来！别过来！'就听见'咔嚓'一声，甜橙树倒下了，成千上万只橙子在地上乱滚，我只要一跑，就会踩着一只橙子，滑跌在地上……一连好几天，浮子就在他家门前凿甜橙树，他要把它凿成一条船。他一边凿一边掉眼泪。我知道，他最喜欢的东西，就是他家的甜橙树。他却朝我笑笑：'你要见到你妈妈了……'"

弯桥望着他的四个好同学、好朋友，泪光闪闪，目光一片迷蒙。

三瓢、浮子、六谷、红扇都低着头。

唱山歌的人终于走过来了，是个白胡子老汉，见到甜橙树下坐着五个孩子，越发唱得起劲，唱着唱着，又走远了。

弯桥上身直直的，盘腿坐在橙子树下，沾着泥巴的双手，安静地放在双腿上。

三瓢、浮子、六谷和红扇抬起头来望弯桥时，不知为什么，都想起了村后寺庙里那尊默不作声的菩萨。

红扇哭起来。

弯桥以为自己说错了什么，有点儿慌慌张张地看着三瓢、浮子、六谷。

三瓢爬起来，蹲到了那个小小烂泥塘边。当他一转脸时，发现浮子、六谷也都蹲到了烂泥塘边。他先是伸了一只指头，蘸了点儿黑泥浆涂到脸上，随即将一只巴掌放到了黑泥浆上，拍了拍，又在脸上拍了拍……

浮子、六谷都学三瓢的样子，将自己的脸全涂黑了，只留一双眼睛眨巴眨巴的。

红扇走过来，也蹲在烂泥塘边。她看了看三张黑脸，伸出手指头，蘸了黑泥浆，一点一点，很仔细地在自己脸上涂起来，样子像往自己的小脸蛋上涂香喷喷的雪花膏。

三瓢他们不着急，很耐心地等她。

当四张黑脸一起出现在弯桥面前时，弯桥先是吓得紧紧靠在甜橙树上，紧接着大笑起来。

三瓢他们跳着，绕着弯桥转圈儿。他们的脸虽然全涂黑了，但，仍然看得出他们在笑。

"黑泥浆在哪儿？"弯桥问。

三瓢、浮子、六谷、红扇不作声，用手指了指甜橙树后。

弯桥一挺身爬起来，找到烂泥塘后，用两只巴掌在黑泥浆上拍了拍，然后像泥墙一般在脸上胡乱地涂抹起来。

三瓢他们让出一个空位置来给弯桥。

五个孩子，一样的黑脸，像五个小鬼一般，在甜橙树下转着圈儿，又跳又唱……

第十一根红布条

它的那只独角朝天竖着,拴在它角上的第十一根鲜艳的红布条,在河上吹来的风里飘动着……

麻子爷爷是一个让村里的孩子们很不愉快，甚至感到可怕的老头儿。

他没有成过家。他那一间低矮的旧茅屋，孤零零地坐落在村子后边的小河边上，四周都是树和藤蔓。他长得很不好看，满脸的黑麻子，个头又矮，还驼背，像背了一口沉重的铁锅。在孩子们的印象中从来就没有见他笑过。他总是独自一人，从不搭理别人。他除了用那头独角牛耕地、拖石磙，就很少从那片树林子走出来。

反正孩子们不喜欢他。他也太不近人情了，连那头独角牛都不让孩子们碰一碰。

独角牛所以吸引孩子们，也正在于独角。听大人们说，它的一只角是在它买回来不久，被麻子爷爷绑在一棵腰一般粗的大树上，用钢锯给锯掉的，因为锯得太挨根了，弄得鲜血淋淋的，疼得牛直淌眼泪。不是别人劝阻，他还要锯掉它的另一只角呢。

孩子们常悄悄地来逗弄独角牛，甚至想骑到它的背上，在田野上疯两圈。

有一次，真的有一个孩子这么干了。麻子爷爷一眼看到了，不吱一声，闷着头追了过来，一把抓住牛绳，紧接着将那个孩子从牛背上拽下来，摔在地上。那孩子哭了，麻子爷爷一点也不心软，还用那对叫人心里发怵的眼睛瞪了他一眼，一声不吭地把独角牛拉走了。背后，孩子们都在心里用劲骂："麻子麻，扔钉耙，扔到大河边，屁股跌成两半边！"

孩子们知道了他的古怪与冷漠，不愿再理他，也很少光顾那片林子。大人们似乎也不怎么把他放在心里。村里有什么事情开会，从没有谁会想起来去叫他。地里干活，也觉得他这个人并不存在，他们干他们的，谈他们的。那年，人口普查，负责登记的小学校的一个女老师竟将在林子里住着的这个麻子爷爷给忘了。

全村人都把他忘了。

只有在小孩子落水后需要抢救的时候，人们才忽然想起

他——严格地说，是想起他的那头独角牛来。

这一带是水网地区，大河小沟纵横交错，家家户户住在水边上，门一开就是水。太阳上来，波光在各户人家屋里直晃动。"吱呀吱呀"的橹声，"哗啦哗啦"的水声，不时地在人们耳边响着。水，水，到处是水。这里倒不缺鱼虾，可是，这里的人却十分担心孩子掉进水里被淹死。

你到这里来，就会看见：生活在船上的孩子一会走动，大人们就用根布带将他拴着；生活在岸上的孩子一会走动，则常常被新搭的篱笆挡在院子里。他们的爸爸妈妈出门时，总忘不了对看孩子的老人说："奶奶，看着他，水！"那些老爷爷老奶奶腿脚不灵活了，撵不上孩子，就吓唬说："别到水边去，水里有鬼呢！"这里的孩子长到十几岁了，还有小时候造成的恐怖心理，晚上死活不肯到水边去，生怕那里冒出一个黑乎乎的东西来。

可就是这样，也还是免不了有些孩子要落水。水太吸引那些不知道它的厉害的孩子了。小一点的孩子总喜欢用手用脚去玩水，稍大些的孩子，则喜欢到河边放芦叶船或爬上拴在河边的放鸭船，解了缆绳荡到河心去玩。河流上漂过一件什么东西来，有放鱼鹰的船路过，卖泥螺的船来了……这一切，都能使他们忘记爷爷奶奶的告诫，而被吸引到水边去。脚一滑，码头上的石块一晃，小船一歪斜……断不了有孩子掉进水里。有的自己会游泳，当然不碍事。没有学会游泳的，有机灵的，一把死死抓住水边的芦苇，灌了几口水，自己爬上来了，吐了几口水，突然哇哇大哭。有的幸运，淹得半死被大人发现了救上来。有的则永远也不会回来了。

特别是到了发大水的季节，方圆三五里，三天五天就传说哪里哪里又淹死了个孩子。

落水的孩子被捞上来，不管有救没救，总要进行一番紧张的抢救。这地方上的抢救方法很特别：牵一头牛来，把孩子横在牛背上，然后让牛不停地在打谷场上跑动。那牛一颠一颠的，背上的孩子也跟着一下一下地跳动，这大概是起到人工呼吸的作用吧？有救的孩子，在牛跑了数圈以后，自然会"哇"地吐出肚里的水，接着"哇哇"哭出声来："妈妈……妈妈……"

麻子爷爷的独角牛，是全村人最信得过的牛。只要有孩子落水，便立即听见人们四下里大声吵嚷着："快！牵麻子爷爷的独角牛！"也只有这时人们才会想起麻子爷爷，可心里想着的只是牛而绝不是麻子爷爷。

如今，连他那头独角牛，也很少被人提到了。它老了，牙齿被磨钝了，跑起路来慢慢吞吞的，几乎不能再拉犁、拖石磙子。包产到户，分农具、牲口时，谁也不肯要它。只是麻子爷爷什么也不要，一声不吭，牵着他养了几十年的独角牛，就往林间的茅屋走。牛老了，村里又有了医生，所以再有孩子落水时，人们不再想起去牵独角牛了。至于麻子爷爷，那更没有人提到了。他老得更快，除了守着那间破茅屋和老独角牛，很少走动。他几乎终年不再与村里的人打交道，孩子们也难得看见他。

这是发了秋水后的一个少有的好天气。太阳在阴了半个月后的天空出现了，照着水满得就要往外溢的河流。芦苇浸泡在水里，只有穗子晃动着。阳光下，是一片又一片水泊，波光把天空映得刷亮。一个打鱼的叔叔正在一座小石桥上往下撒网，一抬头，看见远处水面上浮着个什么东西，心里一惊，扔下网就沿河边跑过去，走近一看，掉过头扯破嗓子大声呼喊："有孩子落水啦——！"

不一会，四下里都有人喊："有孩子落水啦——！"

于是河边上响起纷沓的脚步声和焦急的询问声："救上来没有？""谁家的孩子？""有没有气啦？"等那个打鱼的叔叔把那个孩子抱上岸，河边上已围满了人。有人忽然认出了那个孩子："亮仔！"

亮仔双眼紧闭，肚皮鼓得高高的，手脚发白，脸色青紫，鼻孔里没有一丝气息，浑身瘫软。看样子，没有多大救头了。

在地里干活的亮仔妈妈闻讯，两腿一软，扑倒在地上："亮仔——"双手把地面抠出两个坑来。人们把她架到出事地点，见了自己的独生子，她一头扑过来，紧紧搂住，大声呼唤着："亮仔！亮仔！"

很多人跟着呼唤："亮仔！亮仔！"

孩子们都吓傻了，一个个睁大眼睛，有的吓哭了，紧紧地抓住大人的胳膊不放。

"快去叫医生！"每逢这种时候，总有些沉着的人。

话很快地传过来了："医生进城购药去了！"

大家紧张了，胡乱地出一些主意："快送镇上医院！""快去打电话！"立即有人说："来不及！"又没有人会人工呼吸，大家束手无策，河边上只有叹息声、哭泣声、吵嚷声，乱成一片。终于有人想起来了："快去牵麻子爷爷的独角牛！"

一个小伙子蹿出人群，向村后那片林子跑去。

麻子爷爷像虾米一般蜷曲在小铺上，他已像所有将入土的老人一样，很多时间是靠卧床度过的。他不停地喘气和咳嗽，像一辆磨损得很厉害的独轮车，让人觉得很快就不能运转了。他的耳朵有点背，勉勉强强地听懂了小伙子的话后，就颤颤抖抖地翻身下床，急跑几步，扑到拴牛的树下。他的手僵硬了，哆嗦了好一阵，也没有把牛绳解开。小伙子想帮忙，可是独角牛可怕地喷着鼻子，除了麻子爷爷能牵这根牛绳，这头独角牛是任何人也碰不得的。他到底解开了牛绳，拉着它就朝林子外走。

河边的人正拥着抱亮仔的叔叔往打谷场上涌。

麻子爷爷用劲地抬着发硬无力的双腿，虽然跟跟跄跄，但还

29

是跑出了超乎寻常的速度。他的眼睛不看脚下坑洼不平的路，却死死盯着朝打谷场涌去的人群：那里边有一个落水的孩子！

当把亮仔抱到打谷场时，麻子爷爷居然也将他的牛牵到了。

"放！"还没等独角牛站稳，人们就把亮仔横趴到它的背上。喧闹的人群突然变得鸦雀无声，无数目光一齐看着独角牛：走还是不走呢？

不管事实是否真的如此，但这里的人都说，只要孩子有救，牛就会走动，要是没有救了，就是用鞭子抽，火烧屁股腔，牛也绝不肯跨前一步。大家都屏气看着，连亮仔的妈妈也不敢哭出声来。

独角牛"哞"地叫了一声，两只前蹄不安地刨着，却不肯往前走。

麻子爷爷紧紧地抓住牛绳，用那对混浊的眼睛逼视着独角牛的眼睛。

牛终于走动了，慢慢地，沿着打谷场的边沿。

人们圈成一个大圆圈。亮仔的妈妈用沙哑的声音呼唤着：

"亮仔，乖乖，回来吧！"

"亮仔，回来吧！"孩子和大人们一边跟着不停地呼唤，一边用目光紧紧盯着独角牛。他们都在心里希望它能飞开四蹄迅跑——据说，牛跑得越快，它背上的孩子就越有救。

被麻子爷爷牵着的独角牛真的跑起来了。它低着头，沿着打谷场"哧通哧通"地转着，一会儿工夫，蹄印叠蹄印，土场上扬起灰尘来。

"亮仔，回来吧！"呼唤声此起彼伏，像是真的有一个小小的灵魂跑到哪里游荡去了。

独角牛老了，跑了一阵，嘴里往外溢着白沫，鼻子里喷着粗气。但这畜生似乎明白人的心情，不肯放慢脚步，拼命地跑着。扶着亮仔不让他从牛背上颠落下来的，是全村力气最大的一个叔叔。他曾把打谷场上的石磙抱起来绕场走了三圈。就这样一个叔叔也跟得有点气喘吁吁了。又跑了一阵，独角牛"哞"地叫了一声，速度猛地加快了，一蹿一蹿，屁股一颠一颠，简直是在跳跃。那个叔叔张着大嘴喘气，汗流满面。他差点赶不上它的速度，险些松手让牛把亮仔掀翻在地上。

至于麻子爷爷现在怎么样，可想而知了。他脸色发灰，尖尖的下颏不停地滴着汗珠。他咬着牙，拼命搬动着那双老腿。他不时地闭起眼睛，就这样昏头昏脑地跟着牛，脸上满是痛苦。有几次他差点跌倒，可是用手撑了一下地面，跌跌撞撞地向前扑了两下，居然又挺起身来，依然牵着独角牛跑动。

有一个叔叔眼看着麻子爷爷不行了，跑进圈里要替换他。麻子爷爷用胳膊肘把他狠狠地撞开了。

牛在跑动，麻子爷爷在跑动，牛背上的亮仔突然吐出一口水来，紧接着"哇"的一声哭了。

"亮仔！"人们欢呼起来。孩子们高兴得抱成一团。亮仔的妈妈向亮仔扑去。

独角牛站住了。

麻子爷爷抬头看了一眼活过来的亮仔，手一松，牛绳落在地上。他用手捂着脑门，朝前走着，大概是想去歇一会，可是力气全部耗尽，摇晃了几下，扑倒在地上。有人连忙过来扶起他。他用手指着不远的草垛，人们立即明白了他的意思：他要到草垛下歇息。

于是他们把他扶到草垛下。

现在所有的人都围着亮仔。这孩子在妈妈的怀里慢慢睁开了眼睛。妈妈突然把他的头按到自己的怀里大哭起来，亮仔自己也哭了，像是受了多大的委屈。人们从心底舒出一口气来：亮仔回来了！

独角牛在一旁"哞哞"叫起来。

"拴根红布条吧！"一位大爷说。

这里的风俗，凡是在牛救活孩子以后，这个孩子家都要在牛角上拴根红布条。是庆幸？是认为这头牛救了孩子光荣？还是对上苍表示谢意而挂红？这里的人并没有一个明确的说法，只知道，牛救了人，就得拴根红布条。

亮仔家里的人，立即撕来一根红布条。人们都不吱声，庄重地看着这根红布条拴到了独角牛的那根长长的独角上。

亮仔已换上干衣服，打谷场上的紧张气氛也已飘散得一丝不剩。惊慌了一场的人们在说："真险哪，再迟一刻……"老人们不失时机地教训孩子们："看见亮仔了吗？别到水边去！"人们开始准备离开了。

独角牛"哞哞"地对着天空叫起来，并在草垛下来回走动，尾巴不停地甩着。

"噢，麻子爷爷……"人们突然想起他来了，有人便走过去，叫他，"麻子爷爷！"

麻子爷爷背靠草垛，脸斜冲着天空，垂着两只软而无力的胳膊，合着眼睛。那张麻脸上的汗水已经被风吹干，留下一道道白色的汗迹。

"麻子爷爷！"

"他累了，睡着了。"

可那头独角牛用嘴巴在他身下拱着，像是要推醒它的主人，让他回去。见主人不起来，它又来回走动着，喉咙里不停地发出"呜呜"的声音。

一个内行的老人突然从麻子爷爷的脸上发现了什么，连忙推开众人，走到麻子爷爷面前，把手放到他鼻子底下。大家看见老人的手忽然控制不住地颤抖起来。过了一会儿，老人用发哑的声音说："他死啦！"

打谷场上顿时一片寂静。

人们看着他：他的身体因衰老而缩小了，灰白的头发上沾着草屑，脸庞清瘦，因为太瘦，牙床外凸，微微露出发黄的牙齿，整个面部还隐隐显出刚才拼搏着牵动独角牛而留下的痛苦。

不知为什么，人们长久地站着不发出一点声息，像是都在认真回忆着，想从往日的岁月里获得什么，又像是在思索，在内心深处自问什么。

亮仔的妈妈抱着亮仔，第一个大声哭起来。

"麻子爷爷！麻子爷爷！"那个力气最大的叔叔使劲摇晃着他——但他确实永远地睡着了。

忽地许多人哭起来，悲痛里含着悔恨和歉疚。

独角牛先是在打谷场上乱蹦乱跳，然后一动不动地卧在麻子爷爷的身边。它的双眼分明汪着洁净的水——牛难道会流泪吗？它跟随麻子爷爷几十年了。麻子爷爷确实锯掉了它的一只角，可是，它如果真的懂得人心，是永远不会恨他的。那时，它刚被买到这里，就碰上一个孩子落水，它还不可能听主人的指挥，去打谷场的一路上，它不是赖着不走，就是胡乱奔跑，好不容易牵到打谷场，它又乱蹦乱跳，用犄角顶人。那个孩子当然没有救活，有人叹息说："这孩子被耽搁了。"就是那天，它的一只角被麻子爷爷锯掉了。也就是在那天，它比村里人还早地就认识了自己的主人。

那个气力最大的叔叔背起麻子爷爷，走向那片林子，他的身后，是一条长长的默不作声的队伍⋯⋯

在给他换衣服下葬的时候，从他怀里落下一个布包，人们打开一看，里面有十根红布条，也就是说，加上亮仔，他用他的独角牛救活过十一条小小的生命。

麻子爷爷下葬的第二天，村里的孩子首先发现，林子里的那间茅草屋倒塌了。大人们看了看，猜说是独角牛撞倒了的。

那天独角牛突然失踪了。几天后，几个孩子驾船捕鱼去，在滩头发现它死了，一半在滩上，一半在水中。人们一致认为，它是想游过河去的——麻子爷爷埋葬在对岸的野地里，后来游到河中心，它大概没有力气了，被水淹死了。

它的那只独角朝天竖着，拴在它角上的第十一根鲜艳的红布条，在河上吹来的风里飘动着⋯⋯

金色的茅草

海边，青狗伏在父亲的大腿上，与父亲一道，没有任何思想地睡着了。只有柔和的海风轻轻地掀动着父子俩的头发……

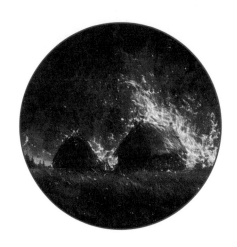

一

像漂泊在茫茫大海上的一只小船，矮小的草棚在深不可测的黑暗中沉浮着。

那只四方灯，就在这深秋的黑暗中，孤独地发着微黄的光芒。

这是一片荒无人烟的海滩。它长着一片膝盖深的茅草。茅草在白天的阳光下，十分好看：金色，像一根根结实的铜丝，很有弹性，让人觉得能发出金属声响。海风吹过，草浪如同海浪一样晃动起伏，打着一个个旋涡，朝蓝色的天空耀起一片夺目的亮光，把那些飞在它上空的鸥鸟们变成了金铸的一般高贵。

黑暗中的茅草，却又显得荒凉：海风掠过，草梢发出"呜呜"鸣音，这种声音在荒无人烟的海滩上听来，不免使人感到有点悲哀。

青狗和父亲就是为了这片茅草而来的。父亲把所有积攒下来的钱都拿了出来，租了这片海滩，要把茅草统统刈倒，然后用船运回去盖房子。

青狗正在上学，是父亲硬将他逼来的。

他抱着膝盖，坐在草棚的门口，望着寂寞的天空。四周空空的，黑黑的，无声无息的，只远远的有一两声鸥鸣和低低的潮涌声。

这孩子忽然觉到了一种压抑，一种恐惧，一种深刻的忧伤。

他如饥似渴地想念起三百里外的家乡来——那个傍水而坐的村庄，想念田野，想念小船，想念风车和在村巷里捉迷藏……

他扭过头去，冲着父亲："我已离开家十天了！"

父亲抬起头来，用对立的目光望着他。

"我要回家！"

父亲重又躺下。

"我要回家！"

父亲慢慢地爬起来，摇晃着高大的身躯，从草棚门口的架子上摘下四方灯，侧过头瞪了青狗一眼，"噗"地一口将灯吹灭了……

二

父亲吝啬、乖戾、暴躁、不近人情。

青狗是一天到晚瞧着父亲冰冷的脸长大的——冷冷清清地长到了十二岁。十二年，养成青狗一个用眼睛在眼角战战兢兢看人脸色的习惯。可是，就在几个月前，忽然地，仿佛是在一个早上，青狗觉得自己长大了，敢与爸爸的目光对峙了，甚至敢大声地提出自己的要求了。

"我要一个书包！"青狗勇敢得有点夸张，就在秋季开学的前夕。

父亲从怀里掏出两块钱来，刚想放到他手上，却又将它放在眼前好好看了看，然后狠劲地塞回怀里。

后来，父亲只是很精心地用一块结实的牛皮纸给青狗糊了一个书包。

青狗把这个书包摔在地上。

父亲忽然从凳子上站起来。父亲的个儿好高哟！并在那张永无笑容的脸上写着：你敢！

青狗哭着捡起这个书包。

青狗背着这样的书包上学去，招惹得孩子们前呼后拥地看，咪咪地笑。青狗只得把头高高地昂着，大踏步地往前走。

一天放学，走在半途中，天下起了大雨，青狗竟忘了那书包是纸糊的，不往怀里揣，背着它就往家跑。就在离家几步远时，纸书包被雨水泡烂了，里面的那些刚发到手才五六天的新课本，全都掉在了泥汤里。

青狗紧张地朝门口望。

青狗竟忘了捡书。它们就那样丑陋地躺在泥汤里，在雨点的敲打下，肆无忌惮地发出"的的笃笃"的声音。

当青狗终于想起来那些书，把它们捡起来，要走进门去时，父亲的巴掌重重地落在了他的后脑勺上。

青狗颤着嘴唇，一声不哭地转过身去，毫无目标地朝密匝匝的雨幕里走去……

雨后的星空很明亮。

青狗坐在河边的树墩上。他不觉得冷，也不觉得饿，凝望着无边无涯的星空，牵肠挂肚却又很虚幻地在想：妈妈在哪儿呢？

他从来就没有见过妈妈。

这孩子满脸闪耀着泪光。

……他听到了父亲粗浊的喘息声。

他微微侧过头去：父亲手里抓着一件他的衣服，垂头站着。他看不清父亲的眼睛，却觉到了父亲眼中含着的歉疚。他先是小声地哭，继而一哭不可收，号啕在夜空中有力地传播着。

父亲朝他走过来。

他委屈地朝父亲哭着叫着："我要妈妈，我要妈妈！"

月光下，父亲用近乎凶恶的眼睛久久地望着青狗，然后把他的衣服狠狠地扔在地上……

三

青狗极疲倦，但，父亲还是一早上就把他从铺上赶起来。

父亲扔过一只铁桶，独自扛着打草的刀离开了草棚。

青狗磨蹭了一会才提起铁桶。每天早上，他都必须完成一个任务：翻过海堤，提一桶淡水回来。他走得很慢，脑袋有气无力、忽左忽右地摆动着。走到大堤脚下，他把铁桶扔在一边，干脆把自己摔倒在一片茅草上。他摊开四肢，慵懒地闭上了眼睛。

那时，太阳才在海的那边抖颤出一半。

他居然迷糊了一阵。等他坐起身来，揉着惺忪的眼睛时，太阳已高高地挂在海上了。他忽然有点紧张，下意识地看了看远处父亲的身影。但他还是坐着，心里一个劲地、充满理由地说：我困，我还要睡一会呢！当然，他最终也没有再敢睡，嘟囔着提起铁桶，翻过了大堤。

当他提着一铁桶水再翻过大堤时，太阳又朝上冒了好高一截子。

他觉得那桶水很沉，走几步就"咚"地放在地上，又是喘气，又是扭腰地歇上一阵子。那桶水由于他身体的大幅度晃动，提回草棚时，已剩下不多了。最后，他几乎是把铁桶掷在地上，水又溅出去一部分。

这时，他感到父亲冷冷的目光正斜刺着他。

他背对着父亲蹲下去，既是心虚，又是一种无声的对抗。

刘草的"唰唰"声越来越强烈地响着，仿佛一根导火索在"嗤嗤"地向前燃烧。

一片让人难忍的寂静。

光光的太阳，尴尬地照耀着他们。茅草在阳光作用下，仿佛是一片灼人的大火。鸦雀无声的海滩上，只有一老一小两颗灵魂的喘息。

青狗胆怯而又满不在乎地，甚至带着几分挑战的神情，提着水桶朝父亲走去。

父亲赤着脊梁。一把细长的大刀，足有五尺多长。它装在一杆长柄上。父亲把柄的底部抵在腰上，用双手用力抓住柄的中部，一下一下，猛地转动身体，随着一道又一道瘆人的寒光，茅草"沙啦沙啦"地倒下了。

青狗要把这些草抱起，然后垒成一垛。

青狗望了一眼父亲汗渍闪闪的褐黄色脊背，把水桶放在地上，并有意摇动了一下提手，使它与铁桶碰撞，发出声响。

父亲扔下大刀，张着焦渴的大嘴，朝铁桶走过来。

青狗一边抱草，一边偷偷地看父亲。

父亲走到铁桶跟前，身体笔直地站着，把目光长久地、垂直地砸向那只铁桶。

青狗看到父亲终于弯下腰去。可是他又很快看到，父亲在把铁桶往嘴边送时，突然停住了，紧接着站起身，一脚将铁桶"哐当"踢翻在地上。水吱吱响着，眨眼的工夫，就被海滩吮吸了。

青狗颤动着嘴唇。

父亲又更加凶猛地打起草来。

青狗"哗啦哗啦"地拢着草，然后超出可能地将它们抱起来，一路上，草"噼里啪啦"地往下落。

父亲扬起大刀："狗日的，我用刀劈了你！"

青狗身子不动，只是偏转过脸去，梗着脖子，用蒙住泪水的眼睛，毫不示弱地去顶撞父亲的目光……

四

青狗有时也有点可怜父亲。

父亲生得很魁梧，并且，在青狗看来，在他所见到的男人中，是没有一个人能与父亲的漂亮相比的。可是，不知为什么，父亲却总是显得有点萎缩。打记事起，青狗就好像没有见过父亲在人面前抬头走路——他老将头低低地垂着，仿佛压了一块沉重的磨盘。

青狗也总闪闪烁烁地想起：

夏夜，男人们都到桥头乘凉去了，或吹拉弹唱吹牛皮说大话，或挑一盏四方灯甩扑克赌钱赌耳刮子，只父亲独自一人坐在河岸边一只废弃的反扣着的老船上。发白的月光洒落在他身上。他俨然如一尊雕像，一动不动地直坐到月亮从天空中消失，露珠水打湿他的全身。

漫长的春夜，更是父亲孤独的时候。他给青狗盖好薄被，披着衣服，一人拉开门走进冰凉的夜色中。青狗爬起来，踮起脚，从窗子里往外看着父亲的身影，直到父亲完全溶解在夜色中。青

狗就在床上等父亲。总是等不着，便渐渐睡去。不知什么时候，他隐隐约约地听见空旷的原野上传来一阵哼唱——是父亲的声音。父亲含含糊糊地哼唱着，道道地地的男人的声音。那声音像从深沉的酒瓮中发出，浑厚，沙哑，虽然不怎么自然，却让人禁不住一阵阵动心。这声音一会压抑着，一会又沉重地向高处冲击。像有生命似的，这声音在夜空中挣扎、扭曲着，鞭子一般抽打着黑夜。

青狗不知不觉地哭了。

父亲一年四季总是很辛苦的。他除了干庄稼活，总找机会挣钱去。给人家货船下货，到建筑工地上打短工……只要能挣钱，父亲什么都干。有些情景，在青狗的记忆里有些模糊了，但有一个形象，却如刀子刻的一样，总在青狗的记忆里抹不去——

秋后，父亲去粮站做工。

中午，青狗给父亲送饭去。打老远，他就站住了。粮囤很高，青狗要仰起头来望，父亲扛着一大箩稻子，踏着只有五寸宽的跳板往上走。那跳板的斜度近乎垂直着。父亲只穿一件短裤，那只大箩就像小山一样压在他赤着的肩上，他一步一步地走，每走一步，都停顿一下，努力使摇晃着的快要失去重心的身体保持平衡。父亲低低地哼着号子，但那号子似乎并不能起什么作用，也仅仅是哼着。父亲终于登到了顶处。父亲的身子直立起来，又瘦又长，远处天空的浮云在他背后飘动着，使青狗觉得父亲悬在半空里。那形象倒让青狗有几分激动和自豪，但给青狗更多的是伤心。青狗就这样呆呆地看着。有一回父亲差一点从高高的跳板上摔下来。

父亲终于走下了跳板，走过来揭开青狗手中竹篮上的毛巾。他一边吃，一边望着青狗，那目光里带着感激……

五

父亲有点不要命了，五更天就起来打草去。

过于疲倦，饮食草率，加之海风，使青狗变得又黑又瘦，裤子束在瘦腰上，仿佛束在一束草把上。可是父亲似乎丝毫也不在意，仅仅是让他比自己多睡一刻，就会虎声虎气地冲着草棚把他叫醒。

青狗一声不吭地闷干着。

这天父亲居然说："把那一片草打完，才能吃中午饭！"而那时，太阳已有点倾西，青狗早饿得腰杆发软直不起身来了。

"我要吃饭！"

"打完了吃！"

青狗把怀里的草"哗"地撒在地上。

"你滚回家去吧，现在就滚，你这不懂事的小畜生！"父亲往手掌上吐了一口唾沫，疯狂地挥舞着大刀。他的身体一会像麻花一样拧着，一会又松开。拧紧，松开，松开，拧紧，随着一拧一松，力从他的躯体里"咔巴"一声爆发出来，传达到手上，于是，那把大刀在一丈多的距离里来回疾驰着，茂密的茅草，"咔嚓咔嚓"应声倒下。有时，刀过于压低，砍到泥土上，便溅起一蓬蓬泥花，碰到石头，便击起几星金蓝色的火花。

青狗呼哧呼哧地拢草、抱草、堆草，他有点发疯了。

风很大，大海从天边往岸边凶猛地推着排浪，形成一道道锯齿形的白线。鸥鸟们在浪尖上兴奋地尖叫着。风从海上猛烈地刮过来，茅草被压迫得几乎趴在地上。可是风稍微一减弱，它们又坚挺起来。

父子俩就在这草浪里，一寸一寸地往前拓进。他们的头发被风吹得飞张起来。青狗常被这草浪淹没了。像是搏斗，父亲暴着眼珠，对这片草浪狠狠地挥动着大刀，青狗则寸步不让地攥在父亲的身后，把他打倒的草狠狠甩到一起，然后仿佛要勒死它们一样，死死将它们抱住，送到草垛下，扎成捆，扔死狗一样扔上垛顶。

那片草总算是打完了。父亲走进草棚，拿出饭来，盛了一碗放到青狗面前。青狗把眼珠溜到眼角看了看饭，用劲咽了一口唾沫，头也不回，朝前走去，拿起地上的大刀，用尽力气朝茅草砍去。

父亲扔掉筷子，把饭倒回篮子里，走过来，夺过大刀，随即朝着更大一片的茅草刈去。

青狗咬着嘴唇，带着一种踌躇的心情，把倒在地上的茅草揪到一起……

青狗的眼前一阵阵发黑，有时连太阳都是一个墨团团。可是，他绝不走向那只盛饭的竹篮。

父亲不转身，一直把后背扔给他，只是朝前猛砍，仿佛要一直砍到天边。

月亮升起来了，他们还在海滩上往前挣扎着……

六

终于，父亲租下的这片海滩变得光秃秃的了，海滩显得有点凄凉。但那三大垛茅草，却像三座璀璨夺目的金山，高高地耸立在海岸上，煞是壮观。

晚上，父亲从铺角上拿出一瓶酒来，用牙齿掀掉盖子，"哗啦啦"全倒进碗里，露出从未有过的激动和亲热："狗，喝点！"

青狗与父亲之间似乎有海样深的怨恨，把脸扭到一边去。

父亲居然不在意青狗的敌意，一边大口地喝酒一边兴奋地说："你小子知道个屁！我们要盖三间茅草屋，三间！茅草屋比瓦房还好，你懂吗？茅草屋冬暖夏凉。找几个好瓦匠，把这茅草一根一根地厚厚地压结实了，盖好了，往上扔一把火，乱草燎了，茅草却不着，再用大扫帚一刷，平平整整！天下最好的屋，是用海边的茅草盖的屋！"

青狗倒在铺上，不一会就睡着了。

父亲喝完酒，有了点醉意，抽着烟，竟唱了起来，那声音是哀怨的，凄楚的，却又有几分壮烈。

草棚依然像一只夜航的独船，在黑暗中漂泊着……

烟蒂从困倦的父亲的手中滑落在地上……

大约五更天，青狗觉得脸热烘烘的难受，睁眼一看，吓得他半天才叫出声来："火！"

父亲只是含含糊糊地哼了一声，依然沉没在酣睡中。

"火！"青狗使劲摇着父亲的身子。

父亲太疲倦了，一旦放松，竟睡得像死过去一般。

青狗朝父亲的胳膊咬了一口!

父亲突然坐起身来,此时,火已从草上蛇一样爬上了草棚。等父亲终于从发愣中清醒过来时,火已四处乱突,"呼呼"地轰响开了。

他们逃出草棚一眨眼工夫,草棚便焚成灰烬。

几条火蛇贪婪地吐着舌头,迅捷地向那三垛茅草游去。

父亲哆嗦了一下,冲到了火蛇前头。他想用脚踩死它们,可是根本无济于事,它们还是扭曲着,昂着蓝莹莹的头往前游去。父亲索性躺倒在地上,不顾一切地向它们滚过去。然而,它们在稍微收敛了一下之后,还是朝前"噼噼啪啪"地蔓延过去。

青狗一旁站着,弄不清楚自己是什么样的心情。

父亲被火蛇甩在了后面。他绝望地看着它们。忽然，他把额头死死地抵在地上。过一会，他又猛地抬起头来，仰望着那隆起的森严的天空，长叫了一声："天——哪——！"

　　无数条火蛇几乎同时窜到了三垛茅草垛脚下，并一个劲地朝上爬去……

　　火轰隆隆地响着。青狗心里起了一阵莫名其妙的激动。

　　父亲发疯似的向大火扑过去。

　　青狗觉得父亲很可笑，很可怜。他心里有一种残忍的满足，尽管随即一种负罪的感觉便充塞了他幼小的灵魂。

　　三垛草完全点着了。它们像三座爆发的火山，火焰冲天而起，映红了半个天空，也映红了半个海面。借着海风，火的声音像巨

大的海潮一样咆哮着，震得人脑发麻，热浪向外一阵阵地爆发着热量。几只冒险的海鸥飞临火的上空，不一会，像几朵金色的美丽花朵在大火中好帅气地化为乌有。

青狗出神地看着这一切，兴奋得身子一阵阵发冷。

"啊——！啊——！"父亲在三垛茅草堆中间的空地上，挥动着胳膊，歇斯底里地吼叫着。

青狗忽然想起父亲。他朝火光里望去，只见父亲在火光中形体不定地闪烁着。他的身影一会拉长，被映到天幕上，一会缩短，似乎缩进海滩里。他通体透亮，仿佛连肉体都烧着了。一团燃烧的草从空中飘落下来。青狗看见了父亲绝望的眼睛和痛苦地抽搐着的嘴唇。父亲脸上的神情清楚地告诉青狗，他要与那三垛茅草一起葬身于海滩了。

"爸爸——！"青狗大声地喊着。

父亲岿然不动地站在三座火山中间。

"爸爸——！"青狗号哭着向火山冲去。

父亲听见了青狗的呼喊声，浑身一震，朝大火外望着。

"爸爸——！"青狗跪倒在地上。

父亲回头看着青狗。

"爸爸……"青狗望着父亲。

父亲看了看三座火山，一低头冲出了火圈。他的衣服已经烧着了。

青狗立即爬起来，朝大海拼命奔过去。

父亲跟着他。

青狗把身上冒着火苗的父亲一直领进大海里。

天已拂晓。三座火山渐渐地矮小下去。

青狗和父亲安静地坐在海边。

父亲除了一件破烂的裤衩，衣服全被烧毁了，在海风中赤裸着躯体。

不知过了多久，父亲把那只被灰烬弄黑了的大手落在青狗的头上，眼睛依然望着那三堆火光："你想你妈妈吗？"

青狗点点头。

父亲还是望着那三堆火光："你妈妈走了十一年啦，是跟着一个唱戏的男人走的。因为，我没有能让她看见三间茅草屋。我答应过她，结婚后就给她盖三间茅草屋的。你妈妈长得很漂亮。谁都说她漂亮。她说她要走。我双手抱着你——那时你还不满一岁，跪在她面前求她：三年……三年我把茅草屋盖起来……她朝我笑笑：废物！你也能盖出三间茅草屋！……"

青狗抬起头来望着父亲：父亲的肋骨一根一根地显露着，肩胛坚硬地耸起来，眼睛有点浑浊了，但目光凶凶的，头发像割过的茅草，一根一根地倔强地夯着。

三堆茅草熄了。天空是红色的，仿佛那燃烧了很久的大火都飘到天空中去了。

海一片宁静。

海边，青狗伏在父亲的大腿上，与父亲一道，没有任何思想地睡着了。只有柔和的海风轻轻地掀动着父子俩的头发……

红葫芦

夏天正在逝去，蓝色的秋天已经来到大河上。不知从哪儿漂来一片半枯的荷叶，那上面立着一只默然无语的青蛙，随了那荷叶，往前漂去。

一

　　妞妞只要走出家门，总能看见那个叫湾的男孩抱着一只鲜亮的红葫芦泡在大河里。只要一看到湾，她便会把头扭到一边去看爬上篱笆的黄瓜蔓，或扭到另一边去看那棵小树丫丫上的一只圆溜溜的鸟巢，要不，就仰脸望大河上那一片飞着鸽子的清蓝清蓝的天空，但耳边却响着被湾用双脚拍击出的闹人的水声。临了，她还是要用双眼来看泡在大河里的湾，只不过还是要把一副毫不在意的样子明确地做出来。

　　妞妞对这个男孩几乎一无所知，唯一的一点了解是：这男孩的父亲是这方圆几百里有名的大骗子。

　　大河又长又宽。她家和他家遥遥相望。河这边，只有她们一家，而河那边也只有他们一家。这无边的世界里，仿佛就只有这两户孤立的人家。

　　大河终日让人觉察不出地流淌着，偶尔会有一只远方来的篷船经过，"吱呀吱呀"的橹声，把一番寂寞分明地衬托出来后，便慢慢地消失在大河的尽头了。

　　正是夏天，两岸的芦苇无声地生发着，从一边看另一边，只见一线屋脊，其余的都被遮住了。

　　每天太阳一升起，湾就用双手分开芦苇闪现在水边。他先把那只红葫芦扔进水里。然后，往身上撩水。水有点凉，他夸张地打着寒噤，并抖抖嗦嗦地仰空大叫。然后跃起，扎入水中，手脚一并用力，以最大的可能把水弄响。

　　碧水上，漂浮着的那只红葫芦，宛如一轮初升的新鲜的小太阳。

　　这地方上的孩子下河游泳，总要抱一只晒干了的大葫芦。作用跟城里孩子用的救生圈一样。生活在船上的小孩，也都在腰里吊一只葫芦，怕的是落水沉没了。大概是为了醒目，易于觉察和寻找，都把葫芦漆成鲜艳的红色。

　　红葫芦就在水面上漂，闪耀着挡不住的光芒。

　　湾用双手去使劲拍打水，激起一团团水花，要不就迅捷地旋转身子，用手在水上刮出一个个圆形的浪圈。那升腾到空中去的水，像薄薄的瀑布在阳光下闪着彩虹。

妞妞禁不住这些形象、声音和色彩的诱惑。她只好去望水，望"瀑布"，望精着身子的湾和红葫芦。

湾知道河那边有一双眼睛终于在看他。于是，他就拿出所有的本领来表现自己。

他赤条条地躺在水面上，一只胳膊压在后脑勺下，另一只胳膊慵懒地耷拉在红葫芦的腰间，一动不动，仿佛在一张舒适的大床上睡熟了。随着河水的缓缓流动，他也跟着缓缓流动。

妞妞很惊奇。但不知道是惊奇这河水的浮力，还是惊奇湾凫水的本领。

风向的缘故，湾朝妞妞这边漂过来了。岸上的妞妞俯视水面，第一回如此真切地看到了湾。她的一个突出印象便是：湾是一个不漂亮的、瘦得出奇的男孩。

湾似乎睡透彻了，伸了伸胳膊，一骨碌翻转身，又趴在了水面上。他看了一眼妞妞。他觉得她已经开始注意他。他往前一扑，随即将背一拱，一头扎进水中，却把两条细腿高高地竖在水面上。

妞妞觉得这一形象很可笑，于是就笑了——反正湾也看不见。

一只蜻蜓飞过来，以为那两条纹丝不动的腿为静物，便起了歇脚的心，倾斜着身子，徐徐落下，用爪抱住了其中一只脚趾头。

湾感到痒痒，打一个翻身，钻出水面，然后把脑袋来回一甩，甩出一片水珠，两只眼睛便在水上忽闪闪地发亮。

这一形象便深深地印在了妞妞的脑子里。

他很快乐地不停地喷吐着水花。

妞妞便在河岸上坐下来。

他慢慢地沉下去，直到完全消失了。

妞妞在静静的水面上寻觅，但并不紧张，她知道，他马上就会露出水面来的。

但他久久地未再露出水面来。

望着孤零零的红葫芦，妞妞突然害怕起来，站起身，用眼睛在水面上匆匆忙忙、慌慌张张地搜寻。

依然只有红葫芦。

大河死了一般。

妞妞大叫起来："妈——妈——！"

后面茅屋里走出妈妈来："妞妞！"

"妈——妈——！"

"妞妞，你怎么啦？"

"他……"

近处的一片荷叶下，钻出一张微笑的脸。

妞妞立即用手捂住了自己还想大叫的嘴巴。

"妞妞，你怎么啦？"妈妈过来了，"怎么啦？"

妞妞摇摇头，直往家走……

二

一连好几天，湾没有见到妞妞再到水边来，不论他将水弄得多么响，又叫喊得多么尖利。终于感到无望时，湾便抱着红葫芦游向原先总喜欢去的河心小岛。

很小很小一个小岛。

在此之前，湾能一整天独自待在小岛上。谁也说不清楚他在那里干什么。

妞妞没有再到河边来，但每天总会将身子藏在门后边，探出脸来望大河。她将一切都看在眼里。她知道，湾喜欢她能出现在河边上。

又过了几天，当湾不再抱任何希望，只是无声地游向小岛时，妞妞拿了一根竹竿走向了河边。

妞妞穿一件小红褂儿，把裤管挽到膝盖上。

湾坐在河对岸，把红葫芦丢在身旁，望着妞妞。

妞妞一直走到水边，用竹竿将菱角的叶子翻起，那红艳艳的菱角便闪现出来。她用竹竿将菱角拨向自己。然后将红菱采下。但大多数菱角都长在她的竹竿够不到的地方。她尽量往前倾斜身子伸长胳膊，勉强采了几只，便再也采不到了。

湾把红葫芦抛进水中，然后轻轻游过来。

妞妞收回竹竿望着他。

他一直游过来，掐了一片大荷叶。然后专门寻找那些肥大的菱角，将荷叶翻过来，把一只只弯弯的两头尖尖的红菱采下来放在荷叶里。不一会工夫，那荷叶里便有了一堆颜色鲜亮的红菱。他又采了几只，然后用双手捧着，慢慢朝妞妞游过来。

他的身体完完全全地出了水面，站在了妞妞的面前。

他确实很瘦，胸脯上分明排列出一根根细弯的肋骨来。他不光瘦，而且还黑，黑瘦黑瘦。

他朝妞妞伸出双臂。

妞妞没有接红菱。

他便把红菱轻轻放在她脚下，然后又亮着单薄的脊背，走回到大河里。

妞妞一直站着不动。

妞妞慢慢蹲下身去，用双手捧起荷叶。

他眼里便充满感激。

"妞妞——！"

妞妞没有答应妈妈。

"妞妞——！"妈妈向这边找过来了。

妞妞犹豫不决地望着手中的红菱。

"妞妞，你在哪儿呢？"

妞妞把红菱放到原处，转身去答应妈妈："我在这儿！"

"妞妞，回家啦，跟妈妈到外婆家去。"

妞妞爬上岸，掉头望了一眼湾，低头走向妈妈。

回家的路上，妞妞问妈妈："他爸真是大骗子吗？"

"你说谁？"

妞妞指对岸。

"他爸已关在牢里三年了。"

妞妞回头瞥了一眼大河，只见湾抱着红葫芦朝小岛游去……

三

妞妞还是天天到大河边来。

湾尽可能地施展出大河和自己的魅力，以吸引住妞妞，并近乎讨好地向妞妞做出种种殷勤的动作。

天已变得十分炎热了。每当中午，乌绿的芦苇，就都会晒卷了叶子。躲在阴凉处的纺纱娘，拖着悠长的带着金属性的声音，把炎热和干燥的寂寞造得更浓。七月的长空，流动的是一天的火。

水的清凉，诱得妞妞也直想到水中去。

"你怎么总在水里呢？"妞妞问湾。

"水里凉快。"

"真凉快吗？"

"不信，你下水来看。"

妞妞爬上岸，见妈妈往远处地里去了，便又回到水边："水深吗？"

"中间深，这儿全是浅滩。"湾从水中站起来，亮出肚皮向妞妞证实这一点。

芦苇丛里钻出几只毛茸茸的小鸭。它们是那样轻盈地凫在水上。它们用扁嘴不时地喝水，又不时地把水撩到脖子上，亮晶晶的水珠在柔软的茸毛上极生动地滚着。一只绿如翡翠的青蛙受了风的惊动，从荷叶上跳入水中，随着一声水的清音，荷叶上"滴滴答答"地滚下一串水珠，又是一串柔和的水声。

大河散发着清凉。

大河深深地诱惑着妞妞。

妞妞被太阳晒得红红的脸，由于水引起的兴奋，显得更加红了。

湾在水中，最充分地表露着水给予他的舒适和惬意。

妞妞把手伸进水中，一股清凉立即通过手指流遍全身。

"下来吧，给你红葫芦。"

妞妞拿不定主意。

"别怕，我护着你！"

妞妞动心了，眼睛一闪一闪地亮。

湾走过来，捧起水浇在仍在彷徨的妞妞身上。

妞妞打了一个寒噤，侧过身子。

湾便更放肆地朝她身上又泼了一阵水。

妞妞便害臊地脱下小褂儿，怯生生地走进水里。

她先是蹲在水中，随后用双手死死抓住岸边的芦苇，伏在水上，两腿在水上胡乱扑腾，闹得水花四溅。

水确实是迷人的。妞妞下了水，就再也不愿上岸了。

湾便有了一种责任，不再自己游泳，而把全部的心思用在对妞妞的保护上。

水，溶化了两个孩子之间的陌生和隔膜。

他们或一起在芦苇丛里摸螺蛳，或在浅水滩上奔跑、跌倒，或往深处去一去，让水一直淹到脖子，只把脑袋露在水面上。

大河异常的安静。两颗脑袋长久地、默默地对望着。

过了几天，妞妞在充足地享受了水的清凉和柔情之后，不再满足老待在浅水滩上瞎闹了。她向往着大河的中央和大河的那边，渴求自己也能一任她的愿望，自由地漂浮在这宽阔的水面上。

湾极其乐意为她效劳。他不知疲倦地、极有耐心地教她游泳。

那些日子，阳光总是闪着硫黄色的金光，浓郁的树木和芦苇衬托着无云的天空。湾的心情开朗而快活。

大河不再是孤独的。

妞妞的胆量一日一日地增大。大概过了六七天，妞妞想到小岛上去的念头变得日益强烈，居然敢向湾明确提出这样的要求："让我抱着红葫芦，也游到小岛上去吧。"

湾同意。

妞妞抱着红葫芦往前游，湾就在一旁为她护游。

小岛稍稍露出水面，土地是湿润的。岛上长着几十棵高大的白杨，一棵棵笔直而安静地倒映在水中。五颜六色的野花，西一株，东一丛，很随意地开放着。岛中央还有一汪小小的水塘，几只水鸟正歇在塘边的树丫丫上。

妞妞仰脸望，那些白杨直插向蓝色的天空。

"你老来这里吗？"

"老来。"

"干嘛老来呢？"

"来玩。"

"这儿有什么好玩呢？"

"好玩。"

"……"

"我来找我们班的同学玩。"

妞妞就糊涂了：这不就是空空的一个小岛吗？

湾带妞妞走到一棵白杨树下，用手指着它："他是我们班的王三根。"

妞妞扭过头去看时，发现那棵白杨树上刻着三个字：王三根。

她再往其他白杨树上细寻，分别看到不同的名字和绰号：李黑、周明（塌鼻子）、丁妮、吴三金、邹小琴（小锅巴）……

湾见到他的"同学"，暂时忘了妞妞，忘情地与他们玩耍起来。他从这棵白杨，跑向那棵白杨，或是拉一拉这棵白杨树上的一根枝条，或是用拳头打一下那棵白杨的树干，有时还煞有介事地高叫着："塌鼻子，塌鼻子，你过来呀，不过来是小狗！"他疯了一样在林子间穿梭，直跑得大汗淋漓、气喘吁吁，最后倒在地上，用手抵御着："好三根，别打了，啊，别打了……"他胳肢着自己，在地上来回打着滚儿……

妞妞默默地看着他。

他一直滚到了妞妞跟前。他停住了，眨了眨眼，望着妞妞，很尴尬。

"他们不肯与你玩，是吗？"妞妞问。

湾的目光一下显得有点呆滞。他低下头去。

后来，妞妞觉得湾哭了。

过了好久，湾才又和妞妞在小岛上快活地玩耍起来。

整整一个下午，他们就是忙着搭一座房子。他们假想着要在这小岛上过日子。他们找来很多树枝和芦苇，又割了许多草，把那座房子建在了水塘边上。妞妞还用芦苇秆在房子的一侧围了一个鸡栏。两个人还用泥做了灶、锅、许多碗和盘子，并且找来一些野菜，装着津津有味地吃了一顿。

不知不觉，太阳落到大河的尽头去了。

妞妞的妈妈在唤妞妞晚归："妞妞——！"

妞妞不答。

妈妈一路唤着妞妞的名字，往远处去了。

湾和妞妞只好依依不舍地离开了"家"，跑向水边。

还是妞妞抱着红葫芦往前游，还是湾为她一路护游。

夕阳照着大河。河水染成一片迷人的金红。

他们迎着夕阳，在这金红的水面上，无声却舒心地游动……

四

"别再到河边玩去了。"妈妈几次对妞妞说。

"为什么呢？"

"不为什么。反正，你别再到河边去了。妈妈不喜欢。"

妞妞不听妈妈的话，还是往河边跑。妞妞的魂好像丢在了大河里。

庄稼正在成熟，太阳的灼热在减轻，流动着热浪的空间，也渐渐有了清风，夏天正走向尾声。

然而，妞妞还未能丢开红葫芦空手游向河心。

"明年夏天，你再教我吧。"妞妞说。

"其实你能游了，你就是胆小。"

"还是明年吧。"

一天下午，妞妞正在浅水滩上游得起劲，一直坐着不动的湾突然对妞妞说："你抱着红葫芦，游到对岸去吧。"

"我怕。"

"有我护着你。"

"那我也怕。"

"我紧紧挨着你，还不行吗？"

"那好吧，你千万别离开我。"

湾点点头。

妞妞抱着葫芦游至河中央时，望着两边都很遥远的岸，心中突然有点害怕起来。这时，她看见湾笑了一下。那笑很怪，仿佛含着一个阴谋。妞妞的眼中，只是一片茫茫的水。她第一回感觉到，这条大河竟是那么大。除了红葫芦，便是一片空空荡荡。妞妞转脸看了一眼湾，只见湾的脸上毫无表情，只是朝前方的岸看。

"我们往回游吧。"

"往前游与往后游，都一样远。"

"我怕。"

湾还是朝前看，仿佛在心里做一个什么决断。

"我怕……"

"怕什么！"湾一下挨紧妞妞，突然从她手中抽掉了红葫芦。

妞妞尖叫了一声，便往水下沉去。她的双手恐怖地在水面上抓着，并向湾大声叫着：

"红葫芦！红葫芦！"

湾却一笑游开了。

妞妞继续往下沉。当她沉没了两秒钟，从水中挣扎出来时，便发疯似的号叫："救命哪——！"

妞妞的妈妈正往河边来寻妞妞，一见此景，几乎软瘫在河岸上。她向四周拼命喊叫："救命哪——！"

妞妞一口接一口地喝水，并发出被水呛着后的痛苦的咳嗽声。

湾还是不肯过来。

妞妞再一次从水下挣扎出来，向湾投去两束仇恨的目光。

在田里干活的人听到呼叫声，正向大河边跑来，四周一片吵嚷声。

当妞妞不作挣扎，又要向水下沉去时，湾也突然惊慌起来，拼命扑向妞妞，并一把抓住她的双手，随即将红葫芦塞到她怀里。

湾想说什么，可就是一句话也说不出来，眼前的一切使他完全懵了。他的脑子停止了转动，抓着系在红葫芦腰间的绳子，两眼失神地将妞妞往岸边拉去。

岸上站了很多人，但都沉默着。

那沉默是沉重的，令人压抑的。

湾一下子觉得自己是个罪犯。

妞妞的妈妈迫不及待地冲向水中："妞妞……"

"妈妈……妈妈……"妞妞抱着红葫芦哭着。

湾把妞妞拉回到浅滩上。

妞妞松开红葫芦，极度的恐惧，一下转成极度的仇恨，朝湾大声喊着："骗子！你是骗子！"说完她扑进妈妈怀里，哆嗦着身子，大哭起来。

妈妈一边用手拍着妞妞，一边在嘴里说着："妞妞别怕啦，妞妞别怕啦……"

湾低垂着头。

妞妞的妈妈瞪着他："你为什么要这样骗人？"

湾张嘴要说话，可依然说不出，只有两行泪水顺着鼻梁无声地流淌下来。

妞妞跟着妈妈回家了。其余的人也一个一个地离开了河边。

只有湾独自一人站在水里。他的头发湿漉漉的，在往下淌水。这水流过他瘦丁丁的身子，又流回到水里。

红葫芦漂浮在他的腿旁。

起晚风了，大河开始晃动起来。水一会淹到湾的胸部，一会又将他的腿肚露出来。

红葫芦在水上一闪一闪的，像一颗心在跳。

天渐渐黑下来。

凉风吹着单薄的湾，使他一个劲地哆嗦。他仰脸望着大河上那片苍茫的星空……

五

几天后的一个黄昏，河心小岛上升起一团火，一股青蓝的烟先是飘到空中，后又被气流压到水面，慢慢散尽，化为乌有。

是湾烧掉了那个"家"。

六

妞妞再没到河边去，也再没有向大河望一眼。她去了外婆家，准备在那里度完暑假的最后几日。

一天中饭，在饭桌上，年迈的外公向他们几个小孩偶然谈起他小时候的一件事来："那时，我跟你们一样，就是喜爱下水。可胆子小，只敢在屋后鸭池里游。父亲见我游来游去，说我能游大河，我吓得直往后躲，他说我是没出息的东西。那天，他拿了一只大木盆，让我坐上，说要带我去大河对岸的竹林里掏一窝小黄雀。他把我推到大河中央，突然把大木盆掀翻了。我呛了几口水，挣出水面，鬼哭狼嚎喊救命。一下来了很多人。父亲却冷眼看我，根本不把手伸过来。我沉了两下，又挣扎出来两下，水喝饱了，后来又往下沉去。我完全没有指望了！可真也怪了，就在这时，我的身子，忽然地变得轻飘起来，完全恢复了在鸭池里游泳的样子。我心好紧张，可又好快活，不一会工夫，就游到了对岸。从那以后，再宽的大河我也敢游了。"

妞妞用牙齿咬着筷子。

"妞妞快吃饭。"外婆说。

妞妞放下筷子："我要回家。"

"你不是要在这里住几天的吗？"外婆问。

"不，我要回家，现在就回家。"说完，妞妞起身就走，无论外婆怎么叫，也叫不住她。

妞妞直接跑到大河边。

大河空空荡荡。

妞妞低头看时，看见那只红葫芦拴在水边的芦苇秆上。它像从前一样的鲜亮。

妞妞静静地等待着，然而对岸毫无动静。

当太阳慢慢西沉时，妞妞的眼里露出强烈的渴望。

夏天正在逝去，蓝色的秋天已经来到大河上。不知从哪儿漂来一片半枯的荷叶，那上面立着一只默然无语的青蛙，随了那荷叶，往前漂去。

无边的沉寂，无边的沉寂。

妞妞走下水，忘记一切，朝前游去。她没有下沉，并且游得很快。她本来就已经能够游过大河的。

　　她第一回站到那座茅屋面前，然而，那茅屋的门上挂着一只铁锁。

　　一个放牛的男孩告诉妞妞，湾转学了，跟妈妈到 300 里外他外婆家那边的学校上学去了。

七

　　开学前一天的黄昏，妞妞解了拴红葫芦的绳子，那红葫芦便一闪一闪地漂进了黄昏里……

男孩的田野

第二天早晨收卡时，天底下竟无一丝声响，只有他独自弄出的单调的水声。水又是那么地冰凉，到处白茫茫的一片，四周全无一丝活气。十斤子忽然觉得很孤独。

一

这地方抓泥鳅的手段很特别：将芦苇秆截成两尺多长，中间拴一根线，线的一头再拴一根不足一厘米长的细竹枝，那细竹枝只有针那么粗细，两头被剪子修得尖尖的，叫"芒"，往剪开的鸭毛管中一插，穿上四分之一根蚯蚓，然后往水中一插，觅食的泥鳅见了蚯蚓张嘴就是一口，哪知一用劲吞咽，芒戳破蚯蚓，在它嗓眼里横过来，它咽不下吐不出地被拴住了，然后可怜地翻腾挣扎出几个小水花，便无可奈何地不再动弹了。

这地方上的人称这玩意儿为"卡"。

傍晚插卡，一清早收卡。

十斤子和三柳各有二百根卡。

一年里头能插卡的时候也就三十来天，在冬末春初。过了这段时间，水田都放了水，让太阳烘晒，准备种庄稼了。即使仍有贮水的地方，泥鳅有了种种活食，也不再一见蚯蚓就不假思索地贪婪吞吃了。

这里的冬末春初的田野，别有一番景致：到处是水田，水汪汪的一片，微风一来，水面皱起一道道细细的水纹，一道赶一道，往远处去，那水分明有了细弱的生命；风再大一些，田野上便会

76

四下里发出一种水波撞击田埂的水音，柔软的，温和的，絮语样的，田野也便不再那么无聊和寂寞；中午若有一派好阳光一把一把洒下来，水面上便广泛地弹跳起细碎的金光，把世界搞得很迷人，很富贵。

十斤子和三柳对这样的田野很投入，有事无事总爱在田野上转悠、疯跑，或坐在田埂儿上犯傻、琢磨、乱想、编织荒唐的故事。若太阳暖和，便直条条地躺在松软的田埂儿上，那时耳畔的水声便会变得宏大起来，让人动心，让人迷惑不解。阳光、泥土、水、老草和新芽的气味融合在一起，好闻得很。

当然，最使他们投入的，还是因为这一片片水田里有让人心儿一蹦一蹦的泥鳅。

但，这两个家伙似乎很隔膜。

十斤子的身体像榆树一样结实，细短的眼缝里，总含有几分"阴谋诡计"，平素风里土里地滚，又不喜清洗，黑皮肤便更黑，太阳一晒，如同紧绷绷的牛皮。他常用那对不怀好意的眼睛去瞟、去瞥、去盯那个三柳。

性情怯懦的三柳抵不住这种目光，便低下头去，或远远地避开他。

今天他们来得太早了点，太阳还老高。两人都知道，早插卡不好，会被一种只要有阳光就要四处活动的小鱼慢慢将芒上的蚯蚓啜了去，便把卡放在田埂上，等太阳落。

田野尽头，有几只鹤悠闲地飞，悠闲地立在浅水中觅食。

十斤子觉得瘦长的三柳，长得很像那些古怪的鹤。当他在等待日落的无聊中，发现三柳与鹤有着相似之处时，不禁无聊地笑了。

三柳觉得十斤子肯定是在笑他，便有点不自在，长腿长胳膊放哪儿都不合适。

太阳落得熬人，十斤子和三柳便一人占一条田埂儿躺下来。

天很空大，田野很疏旷，无限的静寂中似乎只有他们两个。

可是十斤子却还容不下三柳。他对三柳插卡有一种本能的排斥。没有三柳，这眼前的水田全是他十斤子的，他爱往哪儿插卡就往哪儿插，今日在这块田插，明日就到那块田插，那是无边无际的自由。

十斤子又很有点瞧不上三柳：知道往哪块田插卡吗？知道在

大风天怎么插卡吗？……你也会插卡？！

三柳从十斤子的目光中看出什么来了，很是小心翼翼，生怕触犯了十斤子。十斤子先到，可以不顾三柳，只管随便挑块田插，而三柳先到，却总要等十斤子先下田，而后自己才下田。

三柳是个微不足道的孤儿，连间房子也没有，住在久废不用的砖窑洞里，人们似乎有理由不在意他。

三柳也很知趣。

太阳终于沉没了，暮鸦从田野上飞起，鼓噪着，往村后的林子里去了。

十斤子用绳兜子提着卡，来来回回地选择了半天，也未选定一块田。三柳今天有点心急，想：你就慢慢选吧，反正这块田你不会要的，今天就不等你了。想着，便第一回抢在十斤子的头里下了田。

十斤子心里很不得劲，跳进一块田就插，本来每隔五步就可插一根，他不，两条腿不停往前蹚，将水弄得"哗啦啦"响，身后翻起一条白练来，十多步下去了，才又插一根。傍晚的田野很静，天空下只有十斤子喧闹的涉水声。

三柳刚插了一行，十斤子已插了一块田。

三柳的卡还有一半未插，所有的水田就已被十斤子插完了。十斤子爬上田埂儿，将空绳兜往腰里一系，在昏沉的天色里，朝三柳诡谲地一笑，一蹦三尺，仰天胡叫地回家了。

三柳站在水田里愣了老一阵，只好将剩下的卡补插在自己已插了卡的田里，那田里就密匝匝的到处是卡了。

第二天早晨天才蒙蒙亮，十斤子和三柳就下田收卡了。一人提一只水桶，若卡上有泥鳅，便抡圆了，将线绕回芦苇秆上，然后往桶边上那么很有节奏地一磕，泥鳅就被震落在水桶里。十斤子故意将芦苇秆在桶边磕得特别响，并且不时地将并没挂上泥鳅的芦苇秆也往桶边使劲磕。

而远远的三柳那边，半天才会响起一下微弱的敲击声。

十斤子心里有一种按捺不住的快乐，便在寂寥的晨野上，用一种故意扭曲、颤抖的声音叫唱起来：

新娘子，白鼻子，

尿尿尿到屋脊子……

天便在他的叫唱中完全地明亮了。

初春的早晨，水田里还很冷，三柳收罢卡，拎着水桶，缩着脖子，哆哆嗦嗦地往前走。

"三柳！"十斤子叫道。

三柳站住了。

十斤子走上前来，打量着耸着肩胛、两腿摇晃的三柳，越发觉得他像只鹤。

"我要走了。"三柳说。

十斤子把自己的水桶故意挨放在三柳的水桶旁。他的桶里，那些金黄色的泥鳅足有四五斤重。而三柳的桶里稀稀拉拉十几条泥鳅，连桶底都未盖住。

"哟，真不少！"十斤子讥讽地一笑。

三柳并没有注意到十斤子的嘲讽，只是抬头朝远处的那棵大柳树下望去——

树下站着蔓。

"你在看谁？"

"……"

"她好像在等人。"

"在等我。"

"等你？"

"……"三柳提起水桶往前走，将背冲着刚露出地面的太阳，个儿越发地瘦长，像一晃一晃的麻秆儿。

随着太阳的上升，大柳树下的蔓变得鲜明起来，人在百步以外似乎都能感到她那对明亮动人的黑眸。

十斤子呆呆地，像只痴鸡。

二

蔓是从二百里外的芦苇荡嫁到这儿来的，才结婚半年，丈夫在雨中放鸭，被雷劈死在稻地里。

从此，人们用怯生生、阴沉沉的目光看蔓。

蔓长得很有几分样子，全然不像乡野间生长起来的。她走起路来，脚步很轻盈，腰肢扭动着，但一点不过分，恰到好处；眼睛总爱眯眯着，像一只猫受到了阳光的刺激，可一旦睁大了，就显得又黑又亮；说话带着西边的口音，很清纯，软款款地很入耳，这大概是因为在水边长大的缘故。

蔓站在大柳树下。其实，这些天，这个时候，她总站在这儿，只不过十斤子没有注意到罢了。

蔓穿一件蓝布褂儿，头上戴着一朵白花。她的脸色在朝晖中显得很红润。她把嫩葱一样的手指交叉着，很自然地放在腹前。她宁静地微笑着，脸上全无一丝愁容。丈夫的死似乎在她身上、心上皆没有留下痕迹。

在她身后有十几只鸭，一律是白色的。丈夫死后，她把那些杂色的鸭全卖了，却留下这十几只白鸭。她喜欢这样颜色的鸭。鸭们很干净，洁白如雪，如云，如羊脂。一只只都是金红色的蹼、淡黄色的嘴,眼睛黑得像一团墨点。鸭们很乖,不远不近地跟着她,"嘎嘎嘎"地叫。有几只鸭为抢一根蚯蚓在追逐,她便回过头去责备它们:"闹煞啦!"

每天,她都从三柳手中接过水桶,然后把鸭交给三柳,她去小镇上代三柳把泥鳅卖了。她总能卖好价钱。这些钱依三柳的意思,要拿出一半儿来给她做油盐酱醋的费用,她也不硬推辞,笑笑,但只用去很少一些,其余皆放入一个瓦罐里替三柳存着。

三柳哭丧着脸走到她跟前。

她眉叶儿一弯,笑笑。

三柳将特别小的几条泥鳅挑出,扔给鸭们,鸭们都已吃惯了,一见三柳放下水桶就会围过来,见着泥鳅就抢,就夺,就叼着到处乱钻,欢腾得很。

"总能卖几个钱的。"蔓说,"你赶鸭走吧,院门没关,早饭在锅里,洗了腿上的泥,鞋在篱笆上挂着,蚯蚓我已挖了,在那只小黑陶罐里。"说罢,将水桶挎在胳膊上,往小镇上去了。

她的背影真好看,路也走得好看。

三柳望了望,便赶着鸭们上了小路。此时的三柳一扫丧气,心情很快活,十四五岁少年的那份天真、淘气和快乐,又都从这瘦弱的身体里钻了出来。他随手捡了根树枝,将它想象成枪,想象成马,想象成指挥棒,一路赶着鸭,一路自玩自耍,自得其乐。走田埂,爬河堤,穿林子,很是惬意,那样子像只善弹跳且又无忧无虑的兔子。

常常压抑,常常郁闷,常常自卑,此刻,三柳将它们都挣脱了。

此刻，三柳是一个纯粹的少年。

三柳甚至双眼一闭，忘我地打起旋转来，转呀，转呀，转得天旋地旋，欲站稳不能，一头撞在一棵大树上，两眼乱溅金花，一个趔趄，跌坐在地上。

鸭们惊得"嘎嘎"叫。

大堤上，十斤子像只青蛙往空中蹦，伸开双臂欢呼："嗷——！嗷——！跌死一个，萝卜烧肉；跌死一双，萝卜烧汤！"

三柳爬起来，提了提裤子，低着头将鸭们赶到了一条偏道上……

十斤子回到家，一上午心里不痛快。到人家菜园里挖蚯蚓，挖完了连土都不平，坑坑洼洼地扔在那儿，人家主人要他平上，他却头也不回地就走。"看我下次还让你挖！"那主人指着他的后背发狠。"请我也不来！"他掉头回了一句。穿蚯蚓时，又常常不小心将那尖尖的芒戳了出来。他从心里希望此刻三柳就在他面前，他好用尖刻的话一句一句地刺激三柳。吃了午饭，他晃悠晃悠地来到了砖窑。

三柳不在。

十斤子就摸到了蔓的家。

即使初春，这里中午的太阳也有几分分量了。蔓拿了一个小木盆，把三柳叫到河边上：

"过来呀！"

三柳脚不离地，慢慢往前蹭。

"磨蹭什么哪？"

三柳走到河边："水凉。"

"凉什么呀，河水温乎着呢。把褂子脱了。"

"我不洗。"

"看你脏的,还不肯洗。快脱了褂子呀!"蔓抓住了三柳的胳膊，直把他拽到水边上，"脱了！"

三柳半天解一个纽扣地拖延着。

十斤子过来，就站在篱笆墙下往这边看。

"哎呀呀！"蔓放下木盆，三下两下地脱了三柳的褂子。

三柳一低头，觉得自己瘦得像鸡肋一样的胸脯很丑，加之天凉，便缩着颈项，双臂抱住自己。

蔓打了一盆水，把三柳的手扒开，用毛巾在他身上搓擦起来。

三柳害羞了一阵，便也就不害羞了，仰起脖子，抬起胳膊，闭起眼睛，听任蔓给他洗擦，将他摆布。

蔓往三柳身上打了一遍肥皂，用毛巾擦去后，便丢了毛巾，用手在三柳的身上"咯吱咯吱"地搓擦着。

此时的三柳像一个温馨幸福的婴儿，乖乖的。

那双温热柔软的手在他的肋骨上滑动着，在他的颈项上摩挲着。

三柳觉得世界一片沉寂，只有那"咯吱咯吱"的声音在响。那声音很脆，又很柔嫩，很耐听。春日的阳光透过薄薄的半透明的眼帘，天空是金红色的。有一阵，他竟忘记了蔓在给他洗擦，觉得自己飘散到甜丝丝的空气里去了。

三柳朦朦胧胧地记得，还是四岁时，母亲把他抱到水塘里，给他这样擦洗过。母亲掉到潭里淹死后，他便再没有体味到这种温暖的擦洗了。

三柳的黑黄的肌肤上出现了一道道红色，接着就是一片一片，最后，整个上身都红了。那颜色是婴儿刚脱离母体的颜色。太阳光透过洗净的汗毛孔，把热直接晒进他身体，使他感到身体在舒展，在注进力量。

蔓停止了洗擦，撩了一撩落在额上的头发，轻微地叹息了一声。

三柳紧合的睫毛间，沁出两粒泪珠来。

蔓给他换上干净的裤子，转身去唤在河边游动的鸭们："嘎嘎嘎……"

那群白鸭便拍着翅膀上岸来，摇摇摆摆地跟着蔓和三柳往院子里走。

十斤子赶紧蹲了下去……

三

傍晚，三柳提着卡来到田野，十斤子早坐在田埂儿上了。

十斤子眯起一只眼，只用一只眼斜看着三柳，嘴角的笑意味深长。

三柳的目光里仍含着胆怯和讨好。

使三柳感到奇怪的是，十斤子手里只有一只空绳兜，卡一根也不见。

太阳落下了。

三柳看了一眼十斤子。

十斤子一副无所事事的样子。

三柳等不得了，便卷起裤管下了田。

"喂，喂，那田里已插了我的卡了。"十斤子叫道。

三柳疑惑地望着并无芦苇秆露出来的水面。

十斤子懒洋洋地走过来，走进田里，卷起胳膊，往水田一伸，拔出一根卡来，在三柳眼前摇着："看清楚了吗？我插了闷水卡。"

三柳只好走上田埂，走进另一块田里。

"那块田里，我也插了闷水卡！"

三柳仍疑惑地望着并无芦苇秆露出的水面。

"不信？"十斤子跳进田里，顺手从水中又拔出一根卡来，"瞧瞧，这是什么？卡！"他上了田埂儿，撩水将腿上的泥洗濯干净，对三柳道："新添了一百根卡，这些田里，我都插了卡了。"

三柳望着十斤子，那眼睛在问：我怎么办？

十斤子随手一指："那儿有那么多水渠、小沟和池塘呢。"当他从三柳身边走过时，故意停住，用鼻子在三柳身上好好嗅了一通，"胰子味好香！"随即朝三柳眨眨眼，转身回家去了。

三柳愣了一阵，见天色已晚，只好一边生闷气，一边将卡东一根西一根地插在地头的水渠里、河边的池塘里。那些地方，泥鳅是很少的。

其实，十斤子是胡说，还有好几块田他并未插卡。

第二天，三柳抢在十斤子前面插了卡，但还是留下边上两块田未插，三柳不敢太激怒了十斤子。三柳插的都是明卡。在十斤子眼里，那一根根竖着的芦苇秆，有点神气活现。

"你插的？"

"我插的。"

"那两块田是给我的？"

"给你的。"

三柳的回答是坚贞不屈的，但声音却如被风吹动着的一缕细丝，微微发颤。

十斤子再也不说什么，提着卡到三柳给他留下的那两块田去了。

三柳立起，看了看自己占领了的水面，带着战战兢兢的胜利，离开了田野。

身后传来十斤子的叫唱声：

新娘子，白鼻子，

尿尿尿到屋脊子……

夜去晨来，当三柳提着水桶穿过凉丝丝的空气来到田埂时，眼前的情景却是：凡被他插了卡的田里，水都被放干了，那二百根芦苇秆瘦长瘦长，直挺挺地立在污泥上。

三柳蹲下去，泪水便顺着鼻梁滚动下来。

晨风吹过，芦苇秆发出"呜呜"的声响，有几根摇晃了几下，

倒伏在污泥里。

那边，十斤子在收卡，但无张狂和幸灾乐祸的情态，反而收敛住自己，不声不响。

三柳站起，突然将水桶狠劲掼向空中，那水桶在空中翻了几个跟头跌在田埂上，"哗啦"一声散瓣了。

三柳抹一把眼泪，猛一吸鼻涕，朝十斤子走过去，像头受伤的小牛。

十斤子第一回怕起三柳来，往田中央走。

三柳下了田，紧逼过去。离十斤子还剩七八步时，竟然"哗啦哗啦"扑过去。

十斤子放下水桶，将身子正过来迎对三柳。

三柳一把勒住十斤子的衣领，样子很凶恶。

"松手！"

三柳不松。

"你松手！"

三柳反而用双手勒住。

"你真不松？"

三柳勒得更用劲。

"我再说一遍，你松手！"

三柳就是不松。

十斤子脸憋红了，伸出双手揪住三柳的头发。

两人先是纠缠，后是用力，三柳被掼倒在泥水里，但双手仍死死揪住十斤子的衣领。

十斤子往后挣扎，企图挣脱。

三柳依然死死抓住，被十斤子在泥水里拖出几米远。

十斤子低头喘息着。

三柳双手吊住十斤子在泥水里半躺着。

两对瞪圆的眼睛对峙着。

又是一番挣扎和厮打，十斤子终于将三柳甩开。

三柳浑身泥水，摇摇晃晃站起来，坚忍不拔地朝十斤子走过去。

十斤子往后退却。十斤子的水桶在水面上漂着。

三柳走过去，抓起水桶，抛向空中。

水桶落下，倾倒在水里，泥鳅全都溜走了。

十斤子猛扑过来，将三柳摁在泥水里。

三柳便抓稀泥往十斤子脸上甩，直甩得十斤子两眼看不见。

打到最后，两人浑身上下都糊满稀泥，只剩下两对眼睛不屈不挠地对望。

十斤子先撤了。

三柳却叉腿站在田里一动不动像尊泥塑。

是蔓将他劝了回去。

十斤子回到家，遭到父亲一顿狠打："不兴这样欺负人！"并被父亲用棍子赶上了路："向人家三柳赔礼去！"

十斤子无奈，磨磨蹭蹭地朝前走。知道三柳这会儿肯定在蔓家，他便径直来了。

院里有哭泣声。

三柳坐在门槛上，双手抱膝，身子一耸一耸地呜咽着。

蔓没劝三柳，却也在一旁轻声啜泣。这啜泣声是微弱的，却含着绵绵不尽的苦涩、愁惨和哀怨。

站在院门外的十斤子把头沉沉地低下去。

这男孩和少妇的极有克制的哭泣声融合在一起，时高时低，时断时续，仅仅就在广漠的天空下这小小一方天地里低回着。

过了一会，蔓说："要么，你就不去插卡了。鸭快下蛋了，钱够用的。"

蔓又说："要么，我去找十斤子好好说说，十斤子看上去可不像是个坏孩子。"

十斤子没有进门，顺着院墙蹲了下去……

四

十斤子悄悄挖开水渠，往那些已干涸的田里又注满了水后，却佯称肚子整天疼，一连三日，未到田里插卡。

第四日，十斤子才又来到田边，但还不时地捂着肚子。两人都很客气，各自从最东边和最西边一块田插起，插到最后，中间的两块田都空着。一连好几日，都是如此。最后还是十斤子先说了话："我们都插得稀一点。"

这天，两人只隔了一条田埂插到一块儿来了。三柳从怀里掏出两根粗细适中的鸭毛管给十斤子，说这是蔓从她家鸭身上取下的，让带给他穿蚯蚓用。十斤子看了看，心里很喜欢。

论插卡抓泥鳅，十斤子自然比三柳有经验多了。坐在田埂儿上，十斤子滔滔不绝地将这些门道全都教给了三柳："蚯蚓不能太粗，粗了容易从芒上滑下来。穿了蚯蚓要放在太阳底下晒，让蚯蚓干在芒上。插下卡，用脚在它周围搅两下，搅出浑水来，不然，罗汉狗子（一种小鱼）要啜蚯蚓，泥鳅却不怕水浑。风大，要顺着风插闷水卡。你想呀，秆直直地挺着，风把秆吹得直晃悠，线就在水里抖，泥鳅还敢来咬吗？线不能挂得太靠下，吃了芒的泥鳅够得着往泥里钻，就得了劲，能挣脱了，可悬在水里，它就不得劲了……"

三柳听得很认真，眼睛一亮一亮地闪。

除了说这些门道，十斤子总爱跟三柳打听蔓的事。有一点两人似乎都想不太明白：人们为什么不太想走近蔓？

一天，三柳对十斤子说，蔓可以帮他们两人挖蚯蚓，让十斤子拿了卡，也到她的院子里去穿蚯蚓。

十斤子虽然有点不好意思，却很愿意。

这样一来，白天的大部分时间，十斤子便和三柳一起泡在了蔓家。

蔓的脸色就越发地红润，眼睛也就越发地生动。她跟这两个孩子有说有笑，并直接参与他们的劳动。她有无穷无尽的好处让两个孩子享受：一会儿，她分给他们一人一根又鲜又嫩、如象牙一般白的芦根，一会儿又捧上一捧红得发亮的荸荠。蔓除了饲养她那群白鸭，所有的注意力都在两个抓泥鳅的孩子身上了。

小院很温馨，很迷人。

大人们很有兴趣地看着两个孩子从这院子里出出进进。

"你叫她婶，还是叫她姐？"十斤子悄悄问三柳。

三柳还没想过这个问题，很困惑："我也不知道。"

天暖了，水田放了水，要种庄稼了，十斤子和三柳不能插卡了，但，一有空还是到蔓的院子里来玩。

大约是秋末，三柳跑来告诉十斤子："她要跟一个远地方的男人走了。"

"那你怎么办？"

"她要带我走。"

"你走吗？"

"我不喜欢那个男的。他太有钱，可他喜欢我。"

"那你跟她走吧。"

"……"

"你叫她婶，还是叫她姐呢？"

三柳依然说不好。

三柳临走的头天晚上，把他的二百根卡都拿来了："她让把卡留给你。"

那卡的秆经过一个夏天一个秋天，红亮亮的。

"给你吧。"三柳用双手将卡送到十斤子面前。

十斤子也用双手接住。

两人默默地看了看，眼睛就湿了。

蔓和三柳上路那天，十斤子送了他们好远好远……

第二年冬末，十斤子提着四百根卡来到田边。三柳永远地走了，所有的水田都属于他了。插卡时，他的心就空落落的。第二天早晨收卡时，天底下竟无一丝声响，只有他独自弄出的单调的水声。水又是那么地冰凉，到处白茫茫的一片，四周全无一丝活气。十斤子忽然觉得很孤独。

他只把卡收了一半，便不再收了，并且从此把那些收了的卡洗干净，永远地悬吊在了屋梁上。

于是，这其间的田野，便空空荡荡的了。

蓝花

人们一个一个散去，秋秋却没走。她是个孩子，人们也不去注意她。她望着那一丘隆起的新土，也不清楚自己想哭还是不想哭。

一

一个秋日的黄昏，村前的土路上，蹒跚着走来一位陌生的老婆婆。那时，秋秋正在村头的银杏树下捡银杏。

老婆婆似乎很老了，几根灰白的头发，很难再遮住头皮。瘦削的肩胛，撑起一件过于肥大的旧褂子。牙齿快脱落尽了，嘴巴深深地瘪陷下去，嘴在下意识地不住蠕动。她拄着一根比身体还高的竹竿，手臂上挽一只瘦瘦的蓝花布包袱，一身尘埃，似乎是

从极远的地方而来。她终于走到村头后，便站住，很生疏地张望四周，仿佛在用力辨认这个村子。

受了惊动的秋秋，闪到银杏树后，探出脸来朝老婆婆望着。当她忽然觉得这是一个面孔和善且又有点叫人怜悯的老婆婆时，就走上前来问她找谁。

老婆婆望着秋秋："我回家来……回家……"她的吐词很不清晰，声音又太苍老、沙哑，但秋秋还是听明白了。她盯着老婆婆的面孔，眼睛里充满疑惑：她是谁？秋秋很糊涂，就转身跑回家，把70多岁的奶奶领到了村头。

奶奶盯着老婆婆看了半天，举起僵硬的手，指着对方："这……这不是银娇吗？"

"我回家来了……回家……"老婆婆朝奶奶走过来。

"你出去30多年啦！"

"回来啦，不走啦……"

围观的人慢慢多起来。年轻人都不认识老婆婆，问年纪大的："她是谁？""银娇。""银娇是谁？""银娇是小巧他妈。""小巧是谁？""小巧淹死许多年了。"……

这天晚上，秋秋坐在奶奶的被窝里，听奶奶讲老婆婆的事，一直听到后半夜……

二

你银娇奶奶这一辈子就做一件事：给人家帮哭。这几年，帮哭的事淡了。放在 10 年前，谁家办丧事，总要请人帮哭的。办丧事的人家，总想把丧事办好。这丧事要办得让前村后舍的人都说体面，一是要排场，二是要让人觉得苦、伤心。办丧事那天，从早到晚，都有很多人来看。奶奶就喜欢看，还喜欢跟着人家掉眼泪，掉了眼泪，心里就好过些。谁家的丧事办得不好，谁家就要遭人议论："他家里的人都伤心不起来，一群没良心的。"其实呀，也不一定是不伤心，只是那一家子没有一个会哭的。要让人觉得伤心，就得一边哭一边数落。有人就不会数落，光知道哭。还有一些不知事理的人，平素就不太会说话，一哭起来，就瞎哭了，哭了不该哭的事情。好几年前，西王庄周家姑娘死了，是瞒住人打胎死的，是件丑事，是不好张扬的。嫂子是半痴人，却当了那么多人的面，一把眼泪一把鼻涕地数落："我的亲妹妹哎，人家打胎怎么一个个都不死呢，怎么你一打胎就死呢？我的苦妹子……"被小叔子一巴掌打出一丈远："死开去吧，你！"有人倒不至于把事情哭糟了，但哭的样子不好看，怪，丑，声音也不对头，让人发笑，这就把丧事的丧给破了。这哭丧怎么那样要紧，还有一点你晓得吗？你小孩子家是不晓得的。奶奶告诉你：说是哭死人呀，实是为了活人的。人死了，可不能就让他这么白白地死呀，得会哭，会数落死人一生的功德。许多好人死了，就缺个会数落的，他一生的功德，别人也记不起来了。就这么不声不响地死了，活人没得到一点好处，多可惜！如果能有个会哭的，会数落的，把他一辈子的好事一一地摆出来，这个好人就让人敬重了，他家里的人，也就跟着让人敬重了。碰到死去的是个坏人、恶人，就更要会哭会数落了。谁也不会一辈子都做缺德事的，总会有些善行的。把他的好事都说出来，人心一软，再一想人都死了，就不再计较了，还会有点伤心他死呢，觉得他也不是个多么坏的人，他家里的人，也就从此抬起头来了。

就这么着，一些会哭的人，就常被人家请去帮哭。你银娇奶奶哭得最好，谁家办丧事，总得请她。村里人知道她会哭，是在她16岁的时候。她13岁那年秋天，到处是瘟疫。那天，早上刚抬走她老子，晚上她妈就去了。苦兮兮地长到16岁，这年末春，村西头五奶奶死了。下葬这一天，儿女一趟，都跪在地上哭。人就里三层外三层地围着望哭，指指点点地说谁谁哭得最伤心，谁谁肚里苦水多。你银娇奶奶就打老远处站着。这五奶奶心慈，把你没依靠的银娇奶奶当自己的孙女待。在你银娇奶奶心中，五奶奶是个大恩人。这里，五奶奶家的人哭得没力气了，你银娇奶奶过来了。她"扑通"一声在五奶奶棺材前跪下了，先是不出声地流泪，接着就是小声哭，到了后来，声越哭越大。她一件一件地数落着五奶奶的善行，哭得比五奶奶的儿子儿媳妇孙子孙媳妇都伤心。她趴在五奶奶的棺材上哭成个泪人，谁都劝不起她来。哭到后来，她哭不出声来了，可还是哭。在场的人也都跟着她哭起来。打那以后，谁都知道你银娇奶奶哭得好。谁家再有丧事，必请你银娇奶奶帮哭。不过，没有几个人能知道你银娇奶奶怎么哭得那么好。她心里有苦，是个苦人！……

三

　　银娇奶奶回来后，出钱请人在小巧当年淹死的小河边上盖了一间矮小的茅屋，从此，彻底结束了漂流异乡的生活。

　　秋秋常到银娇奶奶的小屋去玩。有时也与奶奶一起去，每逢这时，她就坐在一旁，静静地听着两个老人所进行的用了很大的声音却都言辞不清的谈话，看她们的脑袋失控似的不停地点着、晃动着。有时，她独自一人去，那时，她就会没完没了地向银娇奶奶问这问那。在秋秋看来，银娇奶奶是一个故事，一个长长的迷人的故事。银娇奶奶很喜欢秋秋，喜欢她的小辫、小嘴和一双

总是细眯着的眼睛。她常伸出粗糙的颤抖不已的手来，在秋秋的头上和面颊上抚摸着。有时，银娇奶奶的神情会变得很遥远："小巧，长得是跟你一个样子的。她走的时候，比你小一些……"

秋秋一有空就往河边的茅屋跑。这对过去从未见过面的一老一小，却总爱在一块待着。秋秋的奶奶到处对人说："我们家秋秋不要我了。"

"你到江南去了几十年，江南人也要帮哭吗？"秋秋问。

"蛮子不会哭，说话软绵绵的，细声细气的，哭不出大声来，叫人伤心不起来。江南人又要面子，总要把丧事做得很体面，就有不少江北的好嗓子女人，到了江南。有人家需要帮哭就去帮哭。没帮哭活时就给人家带孩子、缝衣、做饭，做些零七八碎的杂活。江南人家富，能挣不少钱呢。"

"你要挣那么多钱干吗？"

"盖房子，盖大房子，宽宽敞敞的大房子。"

"怎么没盖成？"

"盖成了。"

"在哪儿？"

"离这儿三里路，在大杨庄。"

当秋秋问她为什么将房子盖在大杨庄，又为什么不住大杨庄的大房子却住在这小茅屋时，她不再言语，只把眼睛朝门外大杨庄方向痴痴地望，仿佛在记忆里寻找一些已经几乎逝去的东西。不一会，秋秋听到了她一声沉重的叹息。后来，在很长一段时间里，她总沉默着。

秋秋回到家，把这番情景告诉奶奶，并追问奶奶这是为什么。

奶奶就告诉她："那时，你银娇奶奶帮哭已很出名了。谁家办丧事，方圆十里地都有人赶来看她哭。她一身素洁的打扮，领口里塞一块白手帕，头发梳得很整齐，插朵小蓝花。帮哭的人总要插一朵小蓝花。她来了，问清了死人生前的事情，叹口气，往跪哭的人面前一跪，用手往地上一拍，头朝天仰着，就大哭起来。其他跪哭的人都忘了哭，直到你银娇奶奶一声长哭后，才又想起自己该做的事情，跟着她，一路哭下去。你银娇奶奶的长哭，能把人心哭得直打颤。她一口气沉下去能沉好长时间，像沉了100年，然后才慢慢回过气来。她还会唱哭。她嗓子好，又是真心去唱去哭，不由得人不落泪。大伙最爱听的，还是她的骂哭。哭着哭着，她'骂'起来了。如果死的是个孩子，她就'骂'：'你个讨债鬼呀，娘老子一口水一口饭地把你养这么大，容易吗？你这没良心的，刚想得你一点力，腿一蹬就走啦？你怎么好意思哟！'她哭那孩子的妈妈怎么怀上他的，怎么把他生下来的，又是怎么把他拉扯大的。哭到后来，就大'骂'：'早知道有今天，你娘一生下你，就该把你闷在便桶里了……'假如死的是个老人，她就'骂'：'你个死鬼哎，心太狠毒了！把我们一趟老老小小的撇下不管了，你去清闲了，让我们受罪了！你为什么不把我们也带了去呀！你害了我们一大家了！……'这么一说，这么多人跑这么远的路来听你银娇奶奶哭，你也就不觉得怪了吧？就在这听哭的人当中，有一个大杨庄的教小学的小先生。那个人很文静，脸很白，戴副眼镜。他只要听到你银娇奶奶帮哭的消息，总会赶到的。他来了，就在人堆里站着，也不多言，不出声地看着你银娇奶奶。每次帮哭之后，你银娇奶奶总像生了一场大病，脸色很难看，坐在凳上起不来。听哭的人都散去了，她还没有力气往家走。那个小先生总是不远不近地一旁站着。你银娇奶奶上路了，他就在她身后不远不近地跟着，一直把她送到家门口。后来，你银娇奶奶就跟他成家了。那些日子，你银娇奶奶就像换了一个人，整天笑眯眯的，脸色也总是红红的。孤零零的一个人，现在有家了，有伴儿了，还是一个识字的爱用肥皂洗面孔的男人，她自然心满意足。那些日子，她总是想，不能让他跟着她过苦日子，就四处去帮哭。可也不会总有帮哭的事，其余时间，她就帮人家做衣服，纳鞋底。后来，她生了一个闺女，叫小巧。等小巧过了四岁生日，她跟他商量：'我们再有些钱，就能盖房子了。我想去江南，高桥头吴妈她愿意带我去。你在家带小巧。'她就去了江南。两年后，她带回一笔钱来，在大杨庄盖起了一幢方圆十里地也找不出第二家的大房子。一家三口，和和美美地过了一段日子，她又走了。房子盖到最后，钱不够了，跟人家借了债。她又想，那么大一幢房子，总该有些家什，不然显得空空荡荡的。她还想给小巧他们父女俩多添置一些衣服，不让他们走在人前被人看低了。再说，她也习惯了在外面漂流。她就没有想到再隔一年回来时，小先生已喜欢上他的一个女学生了。那时候的学生岁数都很大。那姑娘长得很好看。而你银娇奶奶这时已显老了。一对眼睛，终年老被眼泪沤着，眼边都烂了，看人都看不太清爽。她很可怜地央求他，他说那姑娘已有孩子了。她没有吵没有闹，带着小巧又回到了这儿。我对她说：'那房子是你挣的钱盖的，你怎么反而留给他？你太老实，太傻！'她把小巧紧紧搂在怀里不说话。好多人对她说：'叫他出去！'她摇摇头，说：'我有小巧乖乖。'她把嘴埋在小巧的头发里，一边哭，一边用舌头把小巧的头发卷到嘴里嚼着。打那以后，她再也没去过大杨庄。……"

秋秋走到门口去，用一对泪水蒙眬的眼睛朝小河边上那间小茅屋望着……

四

秋秋往银娇奶奶的小屋跑得更勤了。她愿意与银娇奶奶一起在小河边上乘凉，愿意与银娇奶奶一起在屋檐下晒太阳，愿意听

银娇奶奶絮絮叨叨地说话。有了秋秋，银娇奶奶就不太觉得寂寞了。要是秋秋几天不来，银娇奶奶就会拄着竹竿，站到路口，用手在额上搭着，朝路上望。

九月十三，是小巧的生日。一大早，银娇奶奶就坐到河边去了。她没有哭，只是呆呆地望着秋天的河水。

秋秋来了，就乖乖地坐在银娇奶奶的身边，也呆呆地去望那河水。

银娇奶奶像是对秋秋说，又像是自言自语："我不该把她放在别人家就去了江南。她走的时候，才七岁。她准是想我了，跑到了河边上，用芦苇叶折了条小船。我知道，她想让小船带着她去找我呢。风把小船吹走了。这孩子傻，忘了水，连鞋也不脱，跟着小船往前走了。这河坎陡着呢，她一个悬空，滑倒了……"

她仿佛亲眼看到了似的说着，"那天我走，她哭着不让。我哄她：'妈妈给你买好东西。'小巧说：'我要棒棒糖。''妈妈给你买棒棒糖。'小巧说：'我要小喇叭，一吹呜呜打响的。''妈妈给你买小喇叭。'我的小巧可乖了，不闹了，拉着我的手，一直走到村口。我说：'小巧回头吧。'小巧摇摇头：'你先走。''小巧先走。''妈妈先走。'……我在外拼命挣钱，跌倒了还想抓把泥呢。到了晚上，我不想别的，就想我的小巧。我给她买了棒棒糖，一吹就呜呜打响的小喇叭。我就往回走。一路上，我就想：秋天，送小巧上学。我天天送她去，天天接她回来，要让她像她爸那样，识很多字……这孩子，她多傻呀！……"她的眼睛直勾勾地望着水，仿佛要从那片水里看出一个可爱的小巧来。

快近中午时，银娇奶奶说："我生下小巧，就这个时辰。"她让秋秋搀着，一直走到水边，然后在河坎上坐下，摸摸索索地从怀里掏出一个小布包包，放在掌上，颤颤抖抖地解开，露出一叠钱来。"小巧要钱用呢。"她把钱一张一张地放在水上。河上有小风，大大小小的钱，排成一条长长的队，弯弯曲曲地朝下游漂去。

秋秋用双手托着下巴，默默地看那些钱一张一张地漂走。有时，风有点偏，把钱刮向岸边来，被芦苇秆挡住了，她就会用树枝将它们推开，让它们继续漂去。

离她们大约四五十米远的地方，一个叫九宽的男孩和一个叫虾子的男孩把一条放鸭的小船横在了河心，正趴在船帮上，等那钱一张一张漂过来。他们后来争执起来了。九宽说："明年让你捞还不行吗？"

虾子说："不会明年让你捞吗？"

争来争去，他们又回到了原先商定好的方式：九宽捞一张，虾子捞一张。

秋秋终于发现了他们，沿着河边跑去。她大声地说："不准你们捞钱！"

九宽嬉皮笑脸的："让你捞呀？"

"呸！"秋秋说，"这是给小巧的钱！"

虾子"咯咯咯"地笑了："小巧？小巧是谁？"

九宽知道一点，说："小巧早死了。"

秋秋找来三四块半截砖头，高高举起一块："你们再不走开，我就砸了！"她的脸相很厉害。

九宽和虾子本来就有点怕秋秋，见秋秋举着砖头真要砸过来，只好把船朝远处撑去，一直撑到秋秋看不到的地方，但并未离去，仍在下游耐心地等着那些钱漂过来。

秋秋坐在高高的岸上，极认真地守卫着这条小河，用眼睛看着那钱一张一张地漂过去……

五

这地方的帮哭风曾一度衰竭，这几年，又慢慢兴盛起来。这年春上，往北边两里地的邹庄，一位活了 80 岁的老太太归天了。儿孙一趟，且有不少有钱的，决心好好办丧事，把所有曾举办过的丧事都比下去。年纪大的说："南边银娇回来了,请她来帮哭吧。"

年纪轻的不太知道银娇奶奶那辉煌一哭，年纪大的就一五一十地将银娇奶奶当年的威风道来，就像谈一个神话般的人物。这户人家的当家主，听了鼓动，就搬动了一位老人去请银娇奶奶。

银娇奶奶听来人说是请她去帮哭，一颗脑袋便在脖子上颤颤悠悠的，一双黑褐色的手也颤动不已。这里还有人记得她呢！还用得着她呢！"我去，我去。"她说。

那天，她让秋秋搀着，到小河边去，用清冽的河水，好好地洗了脸，洗了脖子，洗了胳膊，换了新衣裳，又让秋秋用梳子蘸着清水，把头发梳得顺顺溜溜的。秋秋很兴奋，也就忙得特别起劲。最后，银娇奶奶让秋秋从田埂上采来一朵小蓝花，插到了头上。

银娇奶奶是人家用小木船接去的。秋秋也随船跟了去。

一传十，十传百，数以百计的人从四面八方赶来：他们想看看老人们常提到的银娇奶奶，要领略领略她那闻名于方圆几十里的哭。

大多数人不认识银娇，就互相问："在哪？在哪？"

有人用手指道："那就是。"

人们似乎有点失望。眼前的银娇奶奶，似乎已经失去了他们于传说中感觉到的那番风采。他们只有期待着她的哭泣了。

哭丧开始，一群人跪在死者的灵柩前，此起彼伏地哭起来。

银娇奶奶被人搀扶着，走向跪哭的人群前面。这时，围观的人从骚动中一下安静下来，所有的目光皆跟随着银娇奶奶移动着。银娇奶奶不太利落地跪了下来，不是一旁有人扶了一下，她几乎要歪倒在地上。她从领口取白手帕时，也显得有点拖泥带水，这

使从前曾目睹过她帮哭的人，觉得有点不得劲。她照例仰起脸来，举起抓手帕的手，然后朝地上拍下，但拍得缺了点分量。她开哭了。她本想把声音一下子扯得很高的，但全不由她自己了，那声音又苍老，又平常，完全没有从前那种一下子抓住人并撕人心肺的力量了。

围观的人群有点乱动起来。

钻在最里边的秋秋仰起脸，看着那些围观的人。她瞧见了他们眼中的失望，心里不禁为银娇奶奶难过起来。她多么希望银娇奶奶把声音哭响哭大哭得人寸肠欲断啊！

然而，银娇奶奶的声音竟是那样的衰弱，那样的没有光彩！

从前，她最拿手的是数落，那时，她有特别好的记忆和言语才能，吐词清晰，字字句句，虽是在哭泣声中，但让人听得真真切切，而现在，她像是一个人在僻静处独自絮叨，糊糊涂涂的，别人竟不知道她到底数落了些什么。

跟大人来看热闹的九宽和虾子爬在敞棚顶上，初时，还摆出认真观看的样子，此刻已失去了耐心，用青楝树果子互相对砸了玩。

秋秋朝他们狠狠瞪了一眼。

九宽和虾子却朝秋秋一梗脖子，眨眨眼不理会，依然去砸楝树果子。

当虾子在躲避九宽的一颗楝树果子，而不小心摔在地上，疼得直咧嘴时，秋秋在心里骂："跌死了好！跌死了好！"

这时死者的家人，倒哭得有声有色了。几个孙媳妇，又年轻，又有力气，嗓子也好，互相比着孝心和沉痛，哭出了气势，把银娇奶奶的哭声竟然淹没了。

人们有点扫兴，又勉强坚持了一会，便散去了。

秋秋一直守在一旁，默默地等着银娇奶奶。

哭丧结束了，银娇奶奶被人扶起后，有点站不稳，亏得有秋秋做她的拐棍。

主人家是个好人家，许多人上来感谢银娇奶奶，并坚决不同意银娇奶奶要自己走回去的想法，还是派人用船将她送回。

一路上，银娇奶奶不说话，抓住秋秋的手，两眼无神地望着河水。风把她的几丝头发吹落在她枯黄的额头上。

秋秋觉得银娇奶奶的手很凉很凉……

六

夏天，村里的贵二爷又归天了。

银娇奶奶问秋秋："你知道他们家什么时候哭丧？"

秋秋答道："奶奶说，明天下午。"

第二天下午，银娇奶奶又问秋秋："他们家不要人帮哭？"

秋秋说："不要。"其实，她听奶奶说，贵二爷家里的人已请了高桥头一个帮哭的了。

"噢。"银娇奶奶点点头，倒也显得很平淡。

这之后，一连下了好几天雨。秋秋也就没去银娇奶奶的茅屋。她有时站到门口去，穿过透明的雨幕看一看茅屋。天晴了，家家

113

烟囱里冒出淡蓝色的炊烟。秋秋突然对奶奶说："银娇奶奶的烟囱怎么没有冒烟？"

奶奶看了看，拉着秋秋出了家门，往小茅屋走去。

过不一会工夫，秋秋哭着，从这家走到那家，告诉人们："银娇奶奶死了……"

几个老人给银娇奶奶换了衣服，为她哭了哭。天暖，不能久搁，一口棺材将她收殓了，抬往荒丘。因为大多数人都跟她不熟悉，棺后虽然跟了一条很长的队伍，但都是去看下葬的，几乎没有人哭。

秋秋紧紧地跟在银娇奶奶的棺后。她也没哭，只是目光呆呆的。

人们一个一个散去，秋秋却没走。她是个孩子，人们也不去注意她。她望着那一丘隆起的新土，也不清楚自己想哭还是不想哭。

田埂上走过九宽和虾子。

九宽说："今年九月十三，我们捞不到钱了。"

虾子说："我还想买支小喇叭呢。"

秋秋掉过头去，见九宽和虾子正在蹦蹦跳跳地往前走，便突然打斜里拦截过去，并一下插到他俩中间，不等他们反应过来，她已用两只手分别揪住了他俩的耳朵，疼得他俩吱哇乱叫："我们怎么啦？我们怎么啦？"

秋秋不回答，用牙死死咬着嘴唇，揪住他俩的耳朵，把他俩一直揪到银娇奶奶的墓前，然后把他俩按跪在地上："哭！哭！"

九宽和虾子用手揉着耳朵说："我们……我们不会哭。"他们又有点害怕眼前的秋秋，也不敢爬起来逃跑。

"哭！"秋秋分别踢了他们一脚。

他们就哭起来，哭得很难听，一边哭，一边互相偷偷地一笑，又偷偷地瞟一眼秋秋。

秋秋忽然鼻子一酸，说："滚！"

九宽和虾子赶紧跑走了。

田野上，就秋秋一个人。她采来一大把小蓝花，把它们撒在了银娇奶奶的坟头上。

那些花的颜色极蓝，极鲜亮，很远处就能看见。

秋秋在银娇奶奶的坟前跪了下来。

田野很静。静静的田野上，轻轻地回响起一个小女孩幽远而纯净的哭声。

那时，慈和的暮色正笼上田野……

黑灵魂

一夜，风雨就未停歇，风倒也不大，雨也不是暴雨，就那样吹着下着，四周都是风声雨声，还有小船与河水相撞的水声。

傻子男孩饿倒了，从河岸上滚落到水边时，恰巧赶上放鱼鹰的爷爷驾着小船路过这里，就将他救起，并收留了他。他虽然是个傻子，但爷爷很喜欢他。

傻子男孩在这只小船上经历了许多故事，其中包括黑水手的死亡——

一

"黑水手"是一只鱼鹰的名字，现在，它正很快地衰老着。

它的游动显得越来越吃力，越来越跟不上行驶的小船和鱼鹰的队伍了。

它几乎再也抓不到鱼了。即使在鱼多的狭小水域，它也常常毫无收获。它吃力地扎着猛子。也不知道它是因为老眼昏花在水下根本看不到鱼，还是因为游动的速度太慢，猎物轻易就跑掉了，总而言之，那些猛子，几乎是毫无意义的。偶尔叼着一条拇指粗细的小鱼，它就会显出一副尴尬的样子，不知道是游向小船让爷爷将鱼取走呢还是自己吃掉——拴在脖子上的草绳，并未拴死，是留下一定的空隙的，鱼鹰们可以把一些小鱼吞进肚里。

这时，就会有一两只鱼鹰游过来，趁黑水手不备，一口夺去它嘴上的小鱼，立即吞进肚里。

看到这幅景象，爷爷心里会泛起一丝悲哀，并对那些"不要脸的家伙"十分生气。他会举起竹篙，突然劈下，吓得那些"不要脸的家伙"拍着翅膀慌忙逃窜。爷爷只好经常把它捞到船上，让它歇着。爷爷安慰它："你老了，你不比它们了。你就歇着吧，不要心里过意不去。谁都有这个时候，人也一样。"爷爷想到了自己，心里有淡淡的酸痛。

所有的鱼鹰都不再把黑水手放在眼里，它们甚至经常欺负它，而当它们看到爷爷从一堆杂鱼中挑出最好的鱼喂它时，会感到十分生气，甚至是愤怒。它们不住地叫唤着，好像在责问：凭什么？

它一条鱼都没有抓住，凭什么还喂它最好的鱼？

那时，黑水手显得很不好意思，并不肯再将爷爷送到它嘴边的鱼吞下去。

爷爷说："别听它们的。它们这群小畜生，早晚要遭报应的。……"

黑水手要尽一只鱼鹰的本分，一旦下水，就用尽全身力气去抓鱼。但是，它的猛子总是扎得很浅，无论它怎么用力，就是无法将自己的身子扎到水的深处。以前，它一旦进入深水，反而觉得深水世界比水面上的世界还要清澈明亮，可是现在，深水世界是那么的阴暗与模糊，几乎看不见什么。它蹬动双腿，收紧身子，不住地向前钻去，直到身体消耗掉所有的力气，再也憋不住了，才缓缓浮到水面上。那时，它已经头昏脑涨，只觉得身子随着水波在晃动，整个世界一片虚幻。

要过很久，它才能缓过来，而那时，小船与其他鱼鹰已远远在前。接下来的时间里，它只能用力追赶了，已再也不可能扎猛子抓鱼去。

这一天，它终于又抓到了一条小鱼。

鱼是小了点儿，但它毕竟也是一条鱼。它要把这条鱼交给主人。它叼着小鱼往小船游去。

小鱼在阳光下扭动着身子，招引了其他鱼鹰。它们纷纷向黑水手游过来。

黑水手知道它们是冲它嘴上那条小鱼而来的，便拼命向小船游去。

但是，很快有几只鱼鹰截住了它。它们围成一圈，向黑水手紧逼过来。

小船上的爷爷看到了，一跺脚："你傻呀？吃掉就是了！"

黑水手却还是叼着那只小鱼。

很快，就有几只鱼鹰游到了黑水手的身边，它们拍着翅膀，伸长脖子去抢夺那条小鱼。

黑水手吃力地躲避着。

终于，有一只鱼鹰——正是那只身强力壮的小鱼鹰，一口啄下去，把那条小鱼啄成了两截，并一伸脖子，把啄得的半截鱼吞进了肚里。

黑水手口一松，剩下的半截鱼落进水中。

转眼间，那半截鱼就不知被哪只鱼鹰吃掉了。

爷爷的小船快速往这边赶来。

黑水手终于愤怒了，拍着翅膀，向那些掠夺者开始了反击。它叫唤着，用坚硬的嘴向它们啄去。

鱼鹰们群起而攻之。它们啄黑水手的脑袋，啄它的身子，顿时，水面上漂起许多黑褐色的羽毛。

黑水手再也没有一丝力气，它只好缩成一团，任由它们啄去。那时，它像一团破布，在水面上漂浮着。

爷爷驾船赶到了，他挥舞竹篙，在水面上激起一团团水花，并不停地吼叫与怒骂。

鱼鹰们像炸了窝一般，纷纷逃窜，水面上留下了一道道水花。

爷爷把船靠近黑水手。

傻子男孩趴在船帮上，将黑水手捞到船上。

黑水手被啄去许多羽毛，样子显得十分丑陋。

爷爷蹲在它身旁，不住地说着："你怎么这样傻呀？你怎么这样傻呀？……"

黑水手的目光里是无助和一望无际的悲哀……

二

这天下午三点钟的光景，傻子男孩突然向爷爷叫了起来："它……它……没……没了……"

爷爷疑惑地看着他。

"黑……黑……黑水手……"

爷爷仔细清点鱼鹰，发现黑水手不见了。他回头向水面上望去，除了有几只鸭子在缓缓地游动，不见黑水手的踪影。

傻子男孩用手指着来路，让爷爷掉转船头寻找黑水手去。

爷爷点了点头，将河里的鱼鹰全都捞到枝形架上，然后掉转船头，迅速往来路撑去。一路上，爷爷不住地呼唤着黑水手。

傻子男孩站在船头，身体随小船的摇摆而摇摆，也在不住地呼唤着黑水手。

他们一直找到天黑，也没有找到黑水手。

爷爷已没有力气再撑船了，放下竹篙，坐了下来，一边喘息，一边在嘴中不住喃喃自语："去了哪儿了呢？去了哪儿了呢？……"

傻子男孩一声不吭地坐在船头上，转动着脑袋，目光不屈不挠地在水面上搜寻着。

大河已一片安静，并且已经模糊一片。

爷爷忙着做饭时，对傻子男孩说："它老了，也许像当年那样，被鱼网缠住挣不脱了，也许它觉得自己实在太老了，不想麻烦我们了，自己游到一边去了……"

这顿晚饭，傻子男孩没有吃，爷爷怎么劝他都不吃。明明什么也看不见，他还在用目光固执地往黑暗里寻找着。

爷爷睡不着，心里总是想着黑水手，多少年过去了，跟黑水手差不多大年龄的鱼鹰都一只只离开了这个世界，只有黑水手还在陪伴着他，而如今，它也不见了。它只不过是只水禽，可是，爷爷却一直把它当个人看。一幕幕的情景，在他脑里接连不断地闪过。

五更天，他才睡着。

而那时，傻子男孩却忽然醒来了。他醒来，是因为他听见了黑水手的叫声。那叫声十分遥远，但十分真切。他分不清这是梦还是事实，坐在黑暗里，屏住呼吸继续听着。

只有黑夜的声音。

傻子男孩起来了。他悄悄从爷爷身边爬过，尽量不让手腕上的铃铛发出响声。

他爬出了篷子，那时，有半轮月亮快要掉到西边的水里。

他轻轻拿起竹篙，将船撑向黑水手的声音传来的方向。他不管这是一个梦还是一个事实。

在爷爷手把手的教导下，傻子男孩早已会用竹篙撑船了。他撑船的样子很好看，细长的身子，配上细节的竹篙，让爷爷觉得，这小子本来就是一个撑船的。他将竹篙紧紧地挨着船帮，插到河底，然后身子下蹲，圆圆的结结实实的小屁股撅着，用力撑着，小船贴着水面，"泼刺泼刺"地往前行驶着。

天色在小船的行进中变亮，大河与天空本为一色，现在慢慢区别开来了，河是河，天是天，只是远处还融为一色。转眼间，河水开始转为暗红——太阳露出了一点儿。

早飞的鸟儿，在小船的上空滑动着。

傻子男孩已经汗淋淋的。他撑着小船，朝着叫声传来的方向。他觉得黑水手就在那儿等着他和爷爷搭救它。

爷爷醒来后问道："小子，你要把船撑到哪儿？"他发现，小船已驶出大河，进入一条支流了。

虽说是支流，也是一条有模有样的河。

傻子男孩用手指着前方："那儿！我……听……听见它叫……叫了……"

爷爷一脸疑惑："你听见它叫了？"

傻子男孩点点头。

在爷爷看来，傻子男孩总有些古怪而神秘的行动。明明天空什么也没有，他偏用手指给爷爷看："鸟！"根本没有鸟。但爷爷正在否决傻子男孩的发现时，一只鸟莫明其妙地飞翔在了天空。而爷爷刚才察看天空时，明明没有见到任何鸟的踪迹。

爷爷只能将信将疑地由着傻子男孩将船向前撑去。

一个多小时后，傻子男孩还在一个劲地将船往前撑着，爷爷终于阻止他了："小子，停下吧！这根本不可能。一只鱼鹰的叫声，哪能传这么远？！掉头吧，回到大河里。"

但傻子男孩不听，依然一板一眼地将小船撑向前去。

爷爷只好由着傻子男孩。

又撑了个把钟头，傻子男孩没有力气了，放下竹篙，躺在了船上。

爷爷要拿竹篙，将小船撑回大河，傻子男孩却双手死死抓住竹篙不让爷爷动，而自己又没有力气再将小船撑向前去。

爷爷哭笑不得："就让船这么漂着不成？"

傻子男孩却回答了一个"嗯"字。

爷爷只好暂时坐在了那里。

小船在向前漂去，过不一会儿，就漂向了岸边，然后，小船就沿着岸边，一忽慢一忽快地漂去。

傻子男孩忽地坐了起来，先是快速转动脑袋，接着慢慢转动脑袋，仿佛在慢慢地调准耳朵要冲着某一个方向。

小船好像也在聆听什么，居然停在了那里，而那时，河上明明有风。

傻子男孩的脑袋终于固定在那里。过了一会儿，他用手一指芦苇丛，却没有说话。

爷爷也侧身听去，却什么也没有听见。

傻子男孩忽地跳下河去，"哗啦哗啦"地拨开芦苇，向深处

走去。

爷爷操起竹篙，尾随傻子男孩，用力将小船撑进芦苇丛里。

傻子男孩突然向前猛跑，身后是一处水花。

小船紧随其后。

芦苇开始变得稀疏，傻子男孩"嗷嗷"叫唤，转过身来，望着爷爷，而手却指着前方。

爷爷也跳下了小船，向傻子男孩跑去。他很快看到，不远处的水面上，有个银光闪闪的东西，又有一个黑乎乎的东西。等爷爷赶到时，傻子男孩早已经蹲在那两个东西的身边。

那银闪闪的东西是一条大鱼，那黑乎乎的东西，正是丢失了的黑水手。

鱼似乎还有生命的气息，而黑水手却好像已经死了，但它带钩的嘴，却还嵌在大鱼的身体里。

爷爷两眼一阵发黑，差点儿跌倒在水中。

傻子男孩想将黑水手抱起，却一时无法让黑水手的钩嘴脱离大鱼的身体，抱了几次，都未成功。

爷爷踉跄地赶过来，帮着傻子男孩，好不容易才将黑水手的钩嘴与大鱼的身体分离开来。

傻子男孩将黑水手抱在怀里，眼泪不住地流淌下来。但那是欢喜的眼泪：黑水手没死，它在傻子男孩怀里微微地颤抖着，还挣扎着抬起头来，用那对黑豆大小的眼睛看了他一眼，看了爷爷一眼。

那条大鱼好像在摆动尾巴，显出要逃脱的样子，傻子男孩把黑水手交给爷爷，一头扑向那条大鱼。

大鱼倒也没有挣扎。

傻子男孩几次要将大鱼抱起来，都没有成功。最后一次，他总算将它抱了起来，但很快跌倒了。

爷爷把黑水手送回船舱，拿了一根绳子，将绳子从大鱼嘴里穿进去，再从鳃里穿出，系了一个扣，然后将绳子交给傻子男孩。

傻子男孩用绳子拖着鱼，一步步向小船走去。

爷爷让傻子男孩帮忙，称了大鱼的重量：三十二斤！

爷爷说："比它上回抓的那条大鱼，还重五两呢！"他望着瘫痪在船舱里的黑鱼鹰："你何苦呢？你这么大年纪了，逞什么能呀！你抓不到鱼就抓不到鱼嘛，我也没有责怪你呀！"

那时，黑水手的双眼半眯缝，一副困倦的样子。

它身上的羽毛又少了许多，到处露出难看的肉身。

爷爷向傻子男孩感叹着："当年，它抓了一条三十一斤五两的鱼，它还年轻呢！这一回，它居然抓了条三十二斤的！可是，它已经老到快要死啦！……"

爷爷用僵硬的手抹了一把眼泪……

三

黑水手一直瘫痪着，它无数次地想站立起来，都失败了。

爷爷说："你把一生的力气都用光了，你哪儿还能站起来呀！"

小船依然沿着那条大河向前行进着。

不久，爷爷病了，一病就很重，一连好几天都不能起床，最多也就只能将身子靠着船舱的横挡板上，看着傻子男孩放鱼鹰、忙着做饭。

傻子男孩不免有点生疏与慌乱，但有爷爷的指导，一切，马马虎虎，也都做成了。爷爷高兴，傻子男孩也高兴。

小船总是往前行驶着。

那河变得越宽，水流就越平稳，小船的行进变得越顺利。

爷爷的身体似乎在一天一天地好起来，日子看上去很不错，但不知为什么，看上去身体开始转好的爷爷却在将鱼鹰一只一只地卖掉。卖了钱，爷爷并没有用它来治病，而是都收在腰间的钱包里，只是拿出一部分买吃的，买杂鱼喂黑水手。傻子男孩毕竟不像爷爷那样会放鱼鹰，一天下来，那些鱼鹰只能将就着将自己喂饱，而黑水手就得买杂鱼来喂它。

黑水手至今也没有能够站立起来，只能整天蹲在一只早先就准备下的草窝窝里。一天里，大部分时间它的双眼是闭着的，仿佛在回忆它一生的时光。

食量倒还可以。

"能吃不能做，人老了也这样。"爷爷说。

接下来的几天时间里，爷爷从钱包里掏钱买杂鱼时，毫不犹豫，出手大方，将黑水手整天喂得饱饱的。

黑水手也不拒绝。

不住地卖掉鱼鹰，一个劲地喂黑水手，傻子男孩并不明白爷爷的心思。

爷爷自己心里十分清楚，他活在这个世界上的时间也已经不多了，别看这几天他看上去精神好了一些，甚至能起身上岸走走，但他实际感觉到的是，他的身体只剩一些气力，现在，这些气力聚焦在一起，在支撑着他。

爷爷的生命像一盏油灯。这盏油灯的油马上就要见底。这火苗还亮着，但忽地就会熄灭。

爷爷必须在一切黑暗下来之前，把所有的一切都安排好。此时的爷爷，平静而沉着。他甚至还不时地微笑一下。

深夜，当傻子男孩在他身边酣睡时，他却睁着眼睛看着船篷外的天色。那些被他看了数十年的天空、月亮和无数星星，不久都将远去，而他将沉没于深不见底的黑暗，倒也不怕，活了这么久，也该走了。现在，让他牵挂的，就是黑水手和傻子男孩。其他几只鱼鹰，都还能抓鱼，他走后，也许它们就成了野鱼鹰，也许被另外的养鱼鹰的收留。他不打算再卖了，他希望他走时，能有鱼鹰相随，直把他送到去天堂的路口。

他已从过路船上给傻子男孩买下一只大大的背包，并装上路上行走的若干用品。他悄悄地将钱放在了背包里面的夹层里。

"该送它上路了。"这天，爷爷对傻子男孩说完，眼睛一直看着黑水手。

傻子男孩不明"上路"是什么意思。

爷爷从货船上买了一瓶酒，几支蜡烛。他特地叮嘱，他要的不是红蜡烛，而是白蜡烛。"不是我喝。"爷爷说，在傻子男孩面前晃了晃酒瓶。

傍晚，爷爷从船的尾部取出一把短柄铁锹交给傻子男孩，把白蜡烛和一盒火柴放在衣服口袋里，弯腰抱黑水手，让傻子男孩将他扶到了河滩上。

这是一片很大的河滩。

爷爷让傻子男孩一直把他搀到离船几十步远的地方。那里有一棵大树。

爷爷对傻子男孩说："挖吧，挖个坑。"

傻子男孩疑惑地望着爷爷。

爷爷打开酒瓶，扒开黑水手的嘴，将酒"咕嘟咕嘟"地倒进它的嘴里。

傻子男孩觉得今晚爷爷很有趣：自己不喝酒，倒让黑水手喝酒。

爷爷几乎将一瓶酒都灌到了黑水手的嘴里。其间，黑水手几次挣扎，要躲闪爷爷的酒瓶，却被爷爷牢牢抓住，使它无法躲闪。

"喝吧喝吧……"爷爷对它说，"你老了，要上路了。就高高兴兴地走路吧。这是你的命。命是躲不了的。我也躲不了。我会跟着来的。你只是先走一步。我要是先走了，你就上不了路了……"

爷爷尽说些莫名其妙的话。

爷爷对傻子男孩说："挖呀！怎不挖呢？挖得深一些。"他把黑水手轻轻放在树下。

黑水手拍了拍翅膀，想站起身来往水边小船方向跑，但根本站不起来。它的双翅耷拉在地上，不一会儿，脑袋也垂了下来。

"正醉着呢！"爷爷对它说，"这是传下来的规矩，上百年上千年了，一只鱼鹰老得实在不行了，就用酒把它灌醉，然后埋到土里。你也是知道的。你也看到过我埋其他的鱼鹰。这回，该轮到你了……"

傻子男孩似懂非懂。他抓着铁锨，却始终没有动手。

爷爷拿过铁锨："不是爷爷心肠狠，孩子！"他开始吃力地挖土。

爷爷挖了好一阵，才挖了浅浅一个坑，只好又把铁锨送到傻子男孩手上："挖吧，给它挖个深坑。"

傻子男孩接过铁锨，"吭哧吭哧"地挖了起来，泥土不停地飞到一边。

爷爷坐在黑水手身边。

黑水手好像睡着了。月光下，它颈上的毛，闪烁着微弱的蓝光。

泥土还在飞扬。傻子男孩已脱掉了上衣，光溜溜的身上，流着一道又一道的汗水。

爷爷轻轻用手抚摸着已经一动不动的黑水手："去吧，用不了多久，我俩又会见面的……"他看了看傻子男孩挖的坑，说："孩子，别挖了，够深的了。"

但傻子男孩不听，一个劲地挖着，像一只不知疲倦的土拨鼠。

月亮来到大树顶上，是个大月亮。

爷爷抓住了傻子男孩手上的铁锨，这才使傻子男孩停了下来。

"看它一眼吧。"爷爷对傻子男孩说。

傻子男孩却把脑袋转到一边。

爷爷摇了摇头，抱起看似已没有一丝生命的黑水手，轻轻放到了坑里。然后，他跪在那里，用手将坑外的泥不住地推进坑里。

不一会儿工夫，黑水手就被细土覆盖了。

不知是什么时候，傻子男孩也跪在了坑边，与爷爷一道，用双手将泥土不住地推到坑里。

坑渐渐满了。

两人歇了一会儿，接着又开始填土。

坑填满之后，外面还有不少土。

爷爷拿起铁锨，轻轻拍了拍，往上加了些土，再轻轻拍拍，又加了一些土，最后，把土全堆在了上面，堆成了一个坟墓。爷爷围着这堆土，用铁锨细心地拍，哪边多一些，就铲下一些，哪边少一些，就补上一些，仿佛那是一件很重要的活儿，很有讲究的活儿。

终于觉得，这小小的坟墓已做得很好看了，爷爷才放下铁锨。

周围尽是杂草野花。

爷爷采了很多野花，抛撒在黑水手的坟上。

傻子男孩学着爷爷的样子，采了更多的花，全都抛撒在了黑水手的坟上。

爷爷从口袋里取出那些白蜡烛，一共五支。

他将它们一根根立在地上，然后，擦着火柴，把它们一支支点亮。

亮光下的蜡烛，是半透明状，像温润的玉。

爷爷坐了下来，拍了拍身边的地，让傻子男孩也坐了下来。

蜡烛一点一点地矮了下来。

爷爷把胳膊放在傻子男孩的肩上，哼唱起来。

蜡烛熄灭之后，他们还坐在大树下。

小船上，不知是哪一只鱼鹰叫了一声……

四

　　已是深夜，爷爷终于说："回吧。"他随手抓了一把细土，抛撒在黑水手小小的坟上。

　　他试了几次，都没有能够站起来，还是傻子男孩用双手抓住他的胳膊，才将他从地上拉起。

　　在往小船走去时，他们走得很慢。爷爷的步伐很小，并且每挪一步都要花费很长时间。

　　傻子男孩一手搀扶着爷爷，一手拖着铁锹。

　　铁锹有时摩擦到河滩上的石头，就会在这万籁俱寂的深夜发出"当当当"的金属声。

　　月亮走得很远了，像一个要赶回家去的孩子。

回到船上躺下后，爷爷开始断断续续，没完没了地对傻子男孩说话。声音有些微弱，但平静而镇定。他把双手交叉着放在胸口上，在黑暗里睁着眼睛。因为极度的消瘦，若放在白天来看，那双眼睛很深很大。

"爷爷快要走了……"

爷爷知道傻子男孩已懂得"走"是什么意思。

"爷爷说走就走了。爷爷自小就没有家，爷爷这一辈子就在水上漂，到那时，你只需为爷爷做一件事：解开小船的缆绳。随风漂，漂到哪儿，哪儿就是爷爷的家。这小船上，也没有什么值得你拿的，那个背包一定得背上。那里面，有爷爷给你的钱，爷爷用不着那些钱了……"

有很长时间，爷爷没有说话。他把手慢慢地挪移到傻子男孩的身上，从肚皮那儿慢慢地抚摸到脸上，然后停留在傻子男孩的头发里。

"你也要走了……"爷爷说，"孩子，爷爷遇到你，这是爷爷的造化。爷爷一辈子也没想到过，爷爷走时能有人为爷爷送行……"

接下来，爷爷一连三天不吃不喝，就那样安静地躺在船舱里。

傻子男孩驾船，放鱼鹰，其余的时间，或是坐在爷爷身旁，或是睡在爷爷身旁。

爷爷很少说话，爷爷已没有说话的力气了。他的眼睛总那么睁着，看天空，看天空的飞鸟与流云。

这天傍晚，忙碌了一天的傻子男孩坐在爷爷身边时，爷爷吃力地举起手，用手指在傻子男孩的脑门上顶了几下，声音很小，却是很清楚地说了一句话："你不傻……"

傻子男孩用手指戳了戳自己的胸脯："我……不傻……"他先是无声地笑起来，接着"咯咯咯"地大笑起来。

爷爷也笑了起来，是无声的。

天色变了。

傻子男孩爬出船舱，仰脸看了看天空，将白天揭开的船篷合上了。

一夜，风雨就未停歇，风倒也不大，雨也不是暴雨，就那样吹着下着，四周都是风声雨声，还有小船与河水相撞的水声。

傻子男孩醒来了。

傻子男孩醒来，并不是因为风雨停歇了，而是因为他觉得船舱里很冷——他被冻醒了。

他摸了摸爷爷的身子。

爷爷的身子已经变得冰凉。

他没有害怕，依然睡着，还往爷爷身边靠了靠。

那时，天在拂晓时分，天地间还是一片灰色。

傻子男孩一动不动地躺着，直躺到天大亮，岸边的树上，小鸟"叽叽喳喳"闹成一片。

傻子男孩起来后就像爷爷总是给他掖被子一样，给爷爷掖了掖被子。

他做了早饭，吃得饱饱的。

他没有叫爷爷吃早饭，因为，他知道，爷爷永远不会再吃早饭了。

他把剩下的几只鱼鹰脖子上拴的绳子统统解掉扔到了河里，然后，把昨天它们抓来的鱼统统喂给了它们，它们直吃得脖子直直的不能打弯。

他又坐到了爷爷的身边。

他发现爷爷的眼角有眼屎，就拿毛巾在河里涮了涮，十分细心地给爷爷洗了脸，直洗到爷爷的脸上干干净净的没有一星点儿污迹。

天说晴就晴，一轮太阳带着大河的水珠，升了起来。

傻子男孩背起背包，跳上岸，解掉了拴在树上的缆绳，将小船的船头扳向河心，然后用力将小船推向河心方向。

因小船速度很快，鱼鹰们都展开了翅膀，以保持平衡。

傻子男孩没有立即上路，而是坐在高高的岸上，一直望着爷爷的小船，直到它漂远，无影无踪。

他站了起来，冲着小船消失的方向："我……我不傻……"他"咯咯咯"笑了起来。

他向远去的小船挥着手。

他始终未掉一滴眼泪，

在他看来，也许哪一天，他还会遇上爷爷的……

远山，有座雕像

春送走了冬，夏又绿了春，秋刚把夏染成金色，白色的冬天又来了……一日一日，一月一月，一年一年，流篱已长到十六岁，出落成一个袅袅婷婷的少女，达儿哥却没有回来。

一

　　奶奶照例将枯黑僵硬的手，哆哆嗦嗦地伸进深深的口袋底，吃力地从里面抠出几枚硬币来，一枚一枚地漏到另一只干燥的掌上，然后，牢牢抓住她细细的手腕，斜起抓着硬币的手，那硬币就一枚跟着一枚、带响地滑落到她柔软的掌上。奶奶低下头，又细看了一下那些硬币，知道了确实是五分，便把她的五根长长的手指往上一扳，那些硬币便全部攥在她黑暗的掌心里了。

　　"闷了呀，就街上瞎蹓去。那五分钱呀，别省着，见喜欢吃的，就花了。"奶奶说完，看了看她那张黄几几的小脸，摇了摇仿佛一摇就不大好控制住的脑袋，推起歪歪扭扭的冰棍车。那四个轱辘全都斜着摩擦地面，轴也没上油，"嘎嘎"的一路噪音。

　　她老想跟奶奶一起去卖冰棍，像奶奶那样，拿一方木块，用力地、"哒哒哒"地拍击着箱子，捏着嗓子喊："冰棍，小豆冰棍！"手拍麻了，嗓子喊哑了，那样也许就不寂寞了。可奶奶死活不让。她只好一人闷在家中。桌上的花瓶、墙角上的衣架、从屋顶垂挂下的灯泡……所有一切都静悄悄的。这无边无际的静，折磨着、压迫着她。她会烦躁不安，憋出一身汗来。忽然地，她会睁大了眼，气喘起来，然后像逃避什么似的跑出门去，跑到喧嚣的大街上。

她沿着大街往前走，东张西望、漫无目标，手不住地在口袋里摸索着奶奶给她的五分钱，直将纤细的小手弄得黑黑的。

天天如此。

这天，她走到城外的大河边。河边有一片绿茵茵的草地。草地上，几株身材修长的云杉恬静地站着，还有一棵老银杏。她倚在银杏树干上，好奇地朝前望着：一个年约十五六岁的独臂男孩在放风筝，他抖着线绳，往后倒着步，不一会儿，一只漂漂亮亮的风筝就悠悠地放上了天空。他慢慢地松着线绳，翘首望着他的风筝，任它朝高空飞去。一个大好的春日，空气是透明的，太阳纯净地照着大河和草地，照着那个独臂男孩。他似乎玩得很快活，用那只唯一的手牵着线绳，一会站着，一会儿坐在草地上，一会

儿惬意地躺在草地上，嘴里悠闲地叼根草茎，眼睛痴迷地望着那只风筝，仿佛那风筝将他的灵魂带进了天际。

他看到了她。

她看了一眼他，又去看风筝。

大概空中有一股气流流过，风筝忽闪了一下。她禁不住朝前跑去，伸出双手——她怕它跌下来。当她明白了那风筝是不会掉下来的时候，为自己刚才很傻的动作感到很害臊，就转过身去。

风筝又升高了，像要飞进云眼里。

不知过了多久，风筝在空中一下一下地朝她的头顶移动过来。随即，她听到了脚步声，掉头一看，那个独臂男孩牵着风筝正朝她走来，空袖筒一荡一荡的。他比她高很多，她要仰头望他的脸。

"想玩风筝吗？"他问。

她微缩着颈子，慌张地摇摇头，眼睛却仰望着那风筝。

"玩吧。"他走近了，把线绳送到她跟前。

她看着他，不知道是该接受还是不该接受他的邀请。

"给！"他把线绳一直送到她的手边。

她微微迟疑一下，紧张地接过线绳。

"跑！"

她跑了，风筝跟着她跑。她笑了。

独臂男孩站在蓊郁的银杏树下，极快乐地望着她。

她在草地上尽兴地跑着，风筝在空中忽上忽下地转着圈儿。春光融融，一派温暖。不一会儿，她的脸上泛起红润，有点凸出的额头上，沁出了一粒粒汗珠，两片苍白的嘴唇也有了淡红的血

144

色。阳光把草地和树木晒出味道,空气里飘着清香。阳光下的大河,闪闪烁烁,像流动着一河金子。几只水鸟贴着水面飞着,叫出一串串让人心醉的声音。

她好像有了什么想象,久久凝眸风筝。不知为什么,有两道泪水顺着她好看的鼻梁在往下流……

那个独臂男孩走过来。

她把风筝交给他:"我要回家了。"

"你家在哪儿?"

"罐儿胡同。"

"我们离得很近。我家在盆儿胡同。"他连忙收了风筝。

他和她往家走。

"你刚才哭了。"他说。

她点点头。

过了一会儿,她说:"我想爸爸妈妈了。"

"他们在哪儿?"

"人家说他们犯罪了,让他们到很远很远的地方去了。"她停住了,下意识地又去看天空的风筝,知道了它已不在天上,才把目光收回来。

路上,她告诉独臂男孩:"前天,爸爸妈妈寄来一张照片,他们站在沙漠上,四周都是沙子,一眼望不到边。"

独臂男孩问:"你在哪儿上学?"

"我不上学了。"

"为什么呢?"

"我生病了——噢，对了，你别靠着我，我是传染病。"

独臂男孩没有走开，反而更加挨近她。

他的空袖筒在她眼前一晃一晃的，她好奇地望着。

独臂男孩发现了她在注意他的空袖筒，竟没有一丝自卑的神态，却露出了几分骄傲的神态，好像那只空袖筒是一种什么荣耀的象征。

"你叫什么名字？"他问。

"流篱。"

"你呢？"

"我叫达儿。你就叫我达儿哥。"

"达儿哥，再见！"她扬着小手。

"再见，小流篱。"他竖起一只有力的胳膊。

他们走开了，一个大男孩，一个小女孩，一个去盆儿胡同，一个去罐儿胡同。

二

从此，达儿哥常来看她，并带着她出去四下里玩耍。达儿哥钓鱼，流篱就像只小猫一样蹲在他身边，用眼睛盯着水上的鹅毛管浮子。那浮子是染了红色的，在碧绿的水面上，一跳一跳的，像个小精灵。钓了鱼，达儿哥用根草蔓一穿："给你带回家，让你奶奶煮汤给你喝，你有病。"这是一座小城，走不多远，就是乡村。星期天，达儿哥肯费一天时间，带着流篱去田野。云雀在

云眼里清脆地叫着。空中飘着游丝，辽阔、湿润的田野上，五颜六色的花朵在草丛里开放。达儿哥说："田野上的空气对治你的病有好处。"于是，流篱就张大嘴巴，猛劲地吸着带着泥土气息并和各种草木香气混合在一起的空气。

不久，流篱就知道了那只空袖筒的由来——

东城边上有座高高的古城墙，城墙筑在河滩上，除了驾小船，就谁也到不了那个河滩。当时才十岁的达儿哥听见一群孩子打赌：

"谁能翻过去，我们大家都在地上爬三圈。"一个比一个把胸脯儿拍得响，可一个比一个地更能耍滑头，一个比一个快地找借口跑了。达儿哥朝他们的背影蔑视地耸耸鼻子，转身望望那堵城墙。第二天，他拿了根长长的绳子来了。绳头上拴了个铁钩儿。他往上使劲抛了十几次，那钩儿才终于在城墙头上钩住。他猴儿一样爬上了墙头，朝下一望，不禁打一个寒噤：这么高！他用手紧紧抓住墙头，猫在那儿半天不敢动。过了好久，他才又壮起胆子，把钩插进两块石块的缝隙里，往城墙那边滑去。就在他快要落到河滩上时，钩子将那块大石块钩翻了，他跌趴在地上，没等他明白过来是怎么回事，大石块就砸在了他的胳膊上……河上吹来的凉风将他吹醒，他觉得左胳膊不在了，一歪脑袋，只见鲜血染红了河滩上一片绿草。他喘息着，朝城墙爬去，用肩倚着城墙艰难地站立起来，从口袋里掏出早准备好的刀子，咬着牙，在城墙上一笔一画，刻着自己的名字。胳膊上滴着血，冷汗珠纷纷地落在城墙下的草丛里。刻完最后一画，他重重地摔倒在河滩上。不知过了多久，河上驶过一只船，船上人发现了他，将他救起送到医院。医生说：粉碎性骨折，耽搁的时间又长，只有截肢。

当他空着一只袖筒上学时，全体孩子将他团团围住，都用一种敬畏崇拜的眼光注视着他。

于是，达儿哥就成了流篱的英雄。

一连好几天，达儿哥都没来看她了。"他哪儿去了呢？"她长时间地站在门口，往胡同口眺望着。正急着，达儿哥来了。他说："要举行篮球赛了，我天天得练球，没有空来看你。"

流篱摇摇头："你也能打篮球？"她疑惑地望着那只空袖筒。

达儿哥很自傲地一笑："我是中锋！走，到河边玩去。"

临分手时，达儿哥问："你想看我打球吗？明天就比赛了。"

流篱当然愿意。

第二天，达儿哥真的把流篱带进了比赛场。

比赛开始了。流篱谁也不看，就光盯着达儿哥。达儿哥满场飞跑，球到了哪儿，哪儿就有他。他高高跳起来时，长长的独臂几乎要碰到篮圈了。他弯腰拍着球，那球像是有了他的灵魂似的，谁也抢不去。传球时，他能像风筝似的在空中停很长时间，目光向左，球却向右射去，等对方明白了他的心机，球早落在了同伴的手里。球又传回来了，他在篮下一横身子躲过一个对方的球员，弹起来，长胳膊一勾，手腕一弯，那球画了个弧，就听见"唰"的一声，四边不靠，空空地穿过篮圈。不一会儿工夫，比分就拉开了。对方急眼了，派出两个满脸蛮气的高大队员，一前一后地夹着他。达儿哥被钳制住了。对方很快就把比分追了上来。只剩最后五分钟时，对方竟然超过了达儿哥他们。有那么十几秒钟，达儿哥站在那里纹丝不动。他的眼睛紧紧地盯着那只飞来飞去的球，发亮的牙齿咬啮着干燥的嘴唇，狠狠地攥着汗淋淋的一个拳头。突然，他大叫一声，直射球场中心，一个飞跃，手在空中一招，截住对方的一个球，随即，旋风般地扑向球篮，没等对方反应过来，球"唰"地入网了。

流篱禁不住在地上连连跳起来。一个劲地欢叫。

对方把达儿哥盯得更紧了，达儿哥敌视地看了他们一眼，左奔右突地甩避着他们。还剩最后两分钟时，又扳成了平局。

球场上的空气紧张得叫人喘不过气来。

达儿哥满脸汗光闪闪，背心整个被汗水黏附在身上。两个对方队员一前一后，紧紧地挨着他，贴着他的胸脯和后脊梁。他一晃动，摆脱了两个对方队员，伙伴见他朝篮下冲去，把球传给他，正当他要起跳投篮时，一个对方队员像头野牛一样冲过来，存心一头撞在他的胸脯上，将他"通"地撞倒在几米远以外的地上。那个队员被罚下场了，但达儿哥挣扎了几下也没有从水泥地上爬起来，被人架起来走出球场。他痛苦地咬着牙，一边往外走，一边不时地回头看一眼球场。

流篱钻过人群，来到达儿哥面前。

正被人按摩着的达儿哥摇摇头，喘息着，尽力朝她轻松一笑。

当还剩最后一分钟、达儿哥见着自己一方马上就要输掉时，他站了起来，要求再次上场，被应允了。他微跛着腿一跳一跳地进入球场，流篱朝他摇着手，他也朝流篱摇着手。

几乎是随着一声锣响，达儿哥的最后一球应声入网。他几乎是在中线弧上，用他那只唯一的带伤的胳膊将球投进的。他身体微微后倾，双腿直直地垂着，整个形象宛如腾到空中的一股袅袅轻烟。流篱一辈子也忘不了这个飘在空中的形象。

达儿哥得到嘉奖：一套蓝色的运动衣。

他捧着它，找到了流篱，一起往家走。

路过大河边时，达儿哥忽然停住了："我下河洗个澡，把这套运动衣穿上吧？"说完，他脱掉长裤和上衣，扔在草地上，朝

大河跑去。

流篱抱着达儿哥的衣服追过去。

达儿哥跳起，像画了弧的球一样，在空中一闪，扎进大河，溅起一团雪白的浪花。他用独臂游到对岸，喊了声"小流篱"，又游过来，身后留下的那条长长的白练，像是一条彗星的尾巴。

他甩了一甩头发上的水珠，走上岸来。

已近黄昏，初夏的夕阳照耀着这个残缺不全的肉体。他的皮肤呈棕色，显得紧绷绷的，像是能敲出铁质的音响，经水一洗，像缎子在夕阳下闪闪发亮。他的肩又宽又平，像是要去用它扛什么沉重的东西。他的躯体还未发育成熟，胸脯扁平，而且很瘦，露出根根肋骨。随着他的喘息，那肋骨会一根根地上下错动。他的断臂却使他平添了几分风骨。

流篱忽然叫起来："达儿哥，你看！"她用手指着远方的一座大山。

"山！"

"你看山顶上那块石头！"

此时，夕阳正落在远山顶上那块突兀出来的石头后面，使石头成为一个边缘清晰的黑色剪影：它宛如一尊人的雕像。更妙不可言的是，那还是一个独臂人。

"达儿哥，像你！"流篱为这个发现而高兴得在河边草地上又蹦又跳。

达儿哥向山望去，然后笑了："像，像一块石头。"他说："别看那石头了，看我穿上它好看吗？"

流篱掉过头来："好看。"

"回家啦。"他舒展地挥了挥胳膊说。

流篱点点头。

走了几步，达儿哥又停住了，脱掉那套新衣，小心翼翼地折好，重又装到塑料袋里："以后有比赛，我再穿。"说完，又穿上那套打了补丁的、已显得短小的衣服。

流篱知道，他的父亲在他还没有记事时就已经去世了，他和妈妈两人过日子，家里很穷。

三

有半个月时间，流篱没见到达儿哥了。达儿哥在埋头温课，准备考大学，没空儿了。

流篱懂道理，不怪达儿哥不来看他。她一天一天地，耐心地等待着，达儿哥说好了，过一个月就来看她。

可是，不足一个月，达儿哥就来了。他瘦了，眼窝黑黑的，头发枯焦，嘴唇爆着皮，走路轻飘飘的。见了流篱，他干涩地一笑。他坐在凳子上，用手托着瘦尖了的下颌。

流篱呆呆地看着他。

过了一会儿，他说："我怕考不了大学了。"

"为什么呀？"

"妈妈生病住院了，而我参加高考复习班，要交不少钱呢，我也不好意思再向家里伸手要钱了。"

流篱朝自己的小屋跑去，不一会儿，抓着一个沉甸甸的小布包包出来了，放在桌上打开，只见是一小堆硬币。那是她把奶奶每天给的五分钱省下，积攒起来的。流篱好像早知道有一天，它们是能够帮助达儿哥的。

　　达儿哥直摇头："那不行！"说完朝门外走去。

　　流篱抓起布包，抢先跑到门口拦住达儿哥，仰起脸，双手捧着这堆白花花的硬币："达儿哥，收下吧！"

　　达儿哥望着她，不知道该怎么办了。

　　"收下吧，收下吧……"她的口气里含着少许哀求。

　　达儿哥伸出手去，把这些钱接过去。

　　临走前，达儿哥说："小流篱，过一个月再来看你。"

　　流篱乖巧地点点头。

　　真是过了一个月，达儿哥来了，说："明天就上考场了，今天不再复习了，轻松轻松。"

　　奶奶回来了，她决定要好好招待一下这个"小伙子"。因为，是他，给她的孙女儿带来了欢乐和笑脸，是他让她的孙女儿几乎

快要养好病了：“别走，今天吃汤圆，奶奶的汤圆做得可好了。”

达儿哥朝奶奶笑笑。

奶奶煮好汤圆，盛上。三个人围小桌而坐，欢欢喜喜地吃着。吃到中间，达儿哥忽然停住了，把那枚长柄的汤匙放在了桌子上。

奶奶和流篱都奇怪地看着他。

他望着勺：“我不知道我能不能考上，我现在来转动这把勺，如果勺柄冲我，我就能考上。”他垂下一根手指去。

屋里一片寂静。

流篱的心突突地跳动着。

勺转动了，飞快，转成一个银色的圈。后来，逐渐慢了下来，长长的勺柄在悠悠移动着。

流篱的眼睛紧紧盯着勺柄，在心里不住地说着：冲达儿哥吧，冲达儿哥吧，求求你了，求求你了……

勺柄冲着达儿哥了，可是又慢慢移开了。

流篱立即闭上眼睛。

“啊，我能考上！”达儿哥忽然大叫起来。

流篱睁开眼睛：那把勺，像夜空下的北斗星一样，亮闪闪的勺柄笔直地指着达儿哥。

奶奶欢喜得眼里流出了眼泪。

公布成绩了：达儿哥成绩极棒。填志愿了，达儿哥当然要填名牌大学：他达儿哥有这个权利。

一连几天时间，达儿哥净带着流篱四处野去：河边、田野、大街……。他也常常在玩耍中忽然安静下来，或倚着大树，或坐

155

在河边，仰望着白云悠悠的天空，眼睛里满是憧憬。

"达儿哥要上大学了。"流篱整天笑眯眯的，仿佛要上大学的不是达儿哥，而是她。

入学通知书开始不断地来到那些幸运者的手上。可是达儿哥的还没来。眼看他的伙伴们都要上路了，他也没有接到通知书。他终于沉不住气了，带着流篱跑到招生办公室去打听。消息如一枚炸弹扔在了达儿哥头上：体检不合格。

达儿哥僵住了，站在那里半天没动。

流篱望着达儿哥，忽然抱着达儿哥的那只独臂，"哇"的一声大哭起来。

达儿哥的目光显得有点呆滞。

流篱哭得招生办公室的那帮阿姨的眼睛也都蒙蒙眬眬的。

达儿哥忽然使劲甩了甩脑袋，像是要抖落掉什么。他勉强一笑，拉着流篱，离开了……

四

达儿哥大病了一场。

流篱跟着达儿哥也瘦了一圈。

这天，他看望流篱来了。

"奶奶，我正在找工作。我可以带着流篱玩很多天呢。"达儿哥说。

奶奶用手摸摸他的独臂，含着泪笑笑。

夏天到了，达儿哥还没有找到工作。他心里有点发闷，带着流篱又往城外田野上跑。夏日的田野，披青绽绿，四野苍翠。一棵棵高大的柿子树，像一把把巨伞，撑在田野上。一股泉水从远处黑漆漆的松林里流出，在阳光下发亮。远山，鸟幽幽地鸣啭，显出了山谷的静谧。夏天的浮云，像一堆堆晶莹的白雪，在天边

缓缓地飘移。

一直待到黄昏，当玫瑰一样的流霞洒落乡野时，他才和流篱往城里走。

河滩上，流篱停住了，在看什么。达儿哥顺着她的目光望去，只见草地上站着一个跟流篱差不多大的小姑娘，她穿着一件乳白色的连衣裙，跑起来时，那连衣裙就飞张开来，她跑远了，但过

了一会儿又跑了回来，转了一个旋儿，缓缓坐在了草地上。

裙子，裙子，白裙子！

达儿哥从流篱的眼睛里听到了这种欢呼。

流篱已十三岁了。

流篱闭了一下眼睛，关掉了一个梦，一个幻想，转过身去，飞跑起来。

第二天，达儿哥来了，手掌上是一叠钱：“给你买裙子。”

淡淡的眉毛弯下了，流篱的眼睛里满是疑惑。

“我卖了那套运动衣。走，给你买裙子。”

流篱跟着他。

“你进去买吧，我在外面等你。”达儿哥站在商店门口。他是个小伙子，站在卖裙子的柜台前，他会发窘的。

没过一会儿，流篱出来了，没有买到裙子，却哭着。

“怎么了？”

流篱手一指：“那两个卖裙子的骂我……”

“骂你？”

“骂我‘小倭瓜’……”她屈辱地哭着。

欺负流篱？谁也不能欺负流篱！他一把拉住流篱的胳膊，走进商店，问：“是哪两个？”

流篱用手指了指在柜台里站着的两个男的。

“你出去等我！”

流篱不走。

“出去！”他指着门外。

流篱战战兢兢地往外走，走几步回头望一眼。

达儿哥用目光催她快点走。

流篱只好走出商店，在外面等他。可是左等右等，也不见达儿哥出来。她跑进商店，不见达儿哥，也不见那两个男的。她急了，大声叫起来："达儿哥！达儿哥！"她慌慌张张地从商店里面叫到外面，又从外面叫到里面，再叫到外面，团团乱转。

达儿哥被那两个男的揪到了仓库里。

商店关门了。

流篱蹲在树下"呜呜"地哭："达儿哥……达儿哥……"

"流篱！"达儿哥忽然在她背后叫起来。

她跳起来，只见达儿哥站在她面前。他的衣服被撕烂了，鼻孔下挂着两道血痕，那只唯一的手上，也是血斑。

"我把他们打出了血！"

流篱直哭。

晚风从远处峡谷口吹来，沿着大街一个劲地吹着。达儿哥拉着流篱的手，在温柔的灯泡下往家走……

五

多半年过去了，达儿哥也没找到工作。

他一人独自在郊外的田野上不吃不喝地躺了一天，想了一天，最后决定离开家，离开这座城市，上了一位朋友的父亲经营的运输船，开始了四处漂泊的生活。

达儿哥临走前，对流篱肯定地说：“等着，你爸爸妈妈很快就要回来的。”

果真像达儿哥预言的那样，他离开后没两个月，爸爸妈妈就从沙漠上回来了。从此，流篱过上了富足、温暖的生活。而这时，她就越发思念漂泊在河上的达儿哥。吃饭了，她想：达儿哥吃饭了吗？睡觉了，她想：达儿哥睡觉了吗？达儿哥，你到了哪儿啦？累吗？冷吗？……

流篱的眼睛里总藏着一份思念。

第二年的冬天，达儿哥终于回来了：他的妈妈去世了。

只一年，达儿哥大变，让流篱几乎认不出他来了，直盯着他看了半天。达儿哥瘦得骨嶙嶙的，颧骨、肩胛、下巴颏，都执拗地凸出来，皮肤很粗糙，嘴显得很大，嘴唇上长出了黑黑的很短的胡子。他甚至连声音都变了，变得有点沙哑。他身上依然穿着出去时穿的那套衣服，风吹、日晒、汗的腐蚀，使衣服几乎蚀成白色。

他朝流篱笑笑，带着一丝伤感。

妈妈在城外荒郊下葬了。妈妈就他一个亲人。他坐在妈妈的墓前，一连三天，每天从早上一直坐到月亮消失在西方的峡谷里。

流篱离他不远，也默默地坐着。她的奶奶在爸爸妈妈回到城市后不久也去世了。她知道亲人离开世界时，活着的人是什么样的心情。

第三天的最后几小时，达儿哥是动也不动地站在妈妈的墓前的。时间太久，他的双腿麻木了，重重地栽倒在地上。流篱跑过来，把他扶起来。星空笼罩着冬天寂寥的原野，世界一片混沌，远方起伏不平的山峦，像在夜幕下奔突飞驰的骏马，显出一派苍凉的气势。

回城的路上，流篱对达儿哥说："别走了，达儿哥。"

达儿哥摇摇头。

奶奶临死前对流篱的爸爸妈妈说的最后一句话是："以后把达儿接到我们家里。"流篱的爸爸妈妈已劝过达儿哥好几次，让达儿哥住到他们家里去，达儿哥却总是不肯。

又过了三天，天空下起大雪来。流篱照常去找达儿哥，可一进门，她愣住了：屋里换了陌生人。

陌生人见了她，问："你叫流篱？"

她点点头："我达儿哥呢？"

"他把房子卖了，今天天不亮就走了。"他从口袋里掏出一封信，并拿过一个包装精美的盒子："一封信，一条裙子，他让我交给你。"

流篱的眼睛里立即就蒙上了泪幕。

达儿哥的信——

小流篱：

你达儿哥走了，到什么地方去呢？不清楚。我首先要买一条船，我该有一条属于我自己的船。我要赚很多很多钱，然后我回来，什么事也不干，在家里专门写小说，我想做一个作家。也许能做成，也许做不成，但我一心想做。

那次跑了那么多商店，也没能为你买到你喜欢的那种白裙子。现在终于买到了。夏天来时，你就穿上它。我想，你要比那个小姑娘美得多。

你达儿哥的命运似乎很不好，他总是失败，还很惨，可你达儿哥不在乎。

为我祝福吧！

祝你

一帆风顺！

达儿哥

雪很大，路是白的，房屋是白的，树是白的，整个世界一片白。她慢慢地走，不一会也变成了白的。

春送走了冬，夏又绿了春，秋刚把夏染成金色，白色的冬天又来了……一日一日，一月一月，一年一年，流篱已长到十六岁，出落成一个袅袅婷婷的少女，达儿哥却没有回来。有时，她会突然地想起他，就不知不觉地走到了河边草滩上。她静静地向远山眺望，会看到那座雕像依然不可动摇地坐落在峰巅之上，翘首凝望着云霞飘流的天空……

图书在版编目（CIP）数据

甜橙树 / 曹文轩著. -- 北京 : 北京理工大学出版
社, 2025. 1.
(课本里的大作家).
ISBN 978-7-5763-4507-0

Ⅰ. I287.45
中国国家版本馆CIP数据核字第202435W3U3号

责任编辑: 申玉琴　　**文案编辑:** 申玉琴　　**策划编辑:** 张艳茹　门淑敏
责任校对: 刘亚男　　**责任印制:** 李志强　　**特约编辑:** 赵一琪　高　雅

出版发行 / 北京理工大学出版社有限责任公司
社　　址 / 北京市丰台区四合庄路 6 号
邮　　编 / 100070
电　　话 /（010）68944451（大众售后服务热线）
　　　　　　（010）68912824（大众售后服务热线）
网　　址 / http://www.bitpress.com.cn

版 印 次 / 2025 年 1 月第 1 版第 1 次印刷
印　　刷 / 雅迪云印（天津）科技有限公司
开　　本 / 710 mm×1000 mm　1/16
印　　张 / 10.75
字　　数 / 104 千字
定　　价 / 34.80 元